中公文庫

地球連邦の興亡２

明日は銀河を

佐藤大輔

中央公論新社

Rise and Fall of

FEDERATION, EARTH

Part4, Section 2

《Tomorrow The Galaxy》

挿画　佐藤道明

目次

地球連邦の興亡2

明日は銀河を

5

天秤と時計

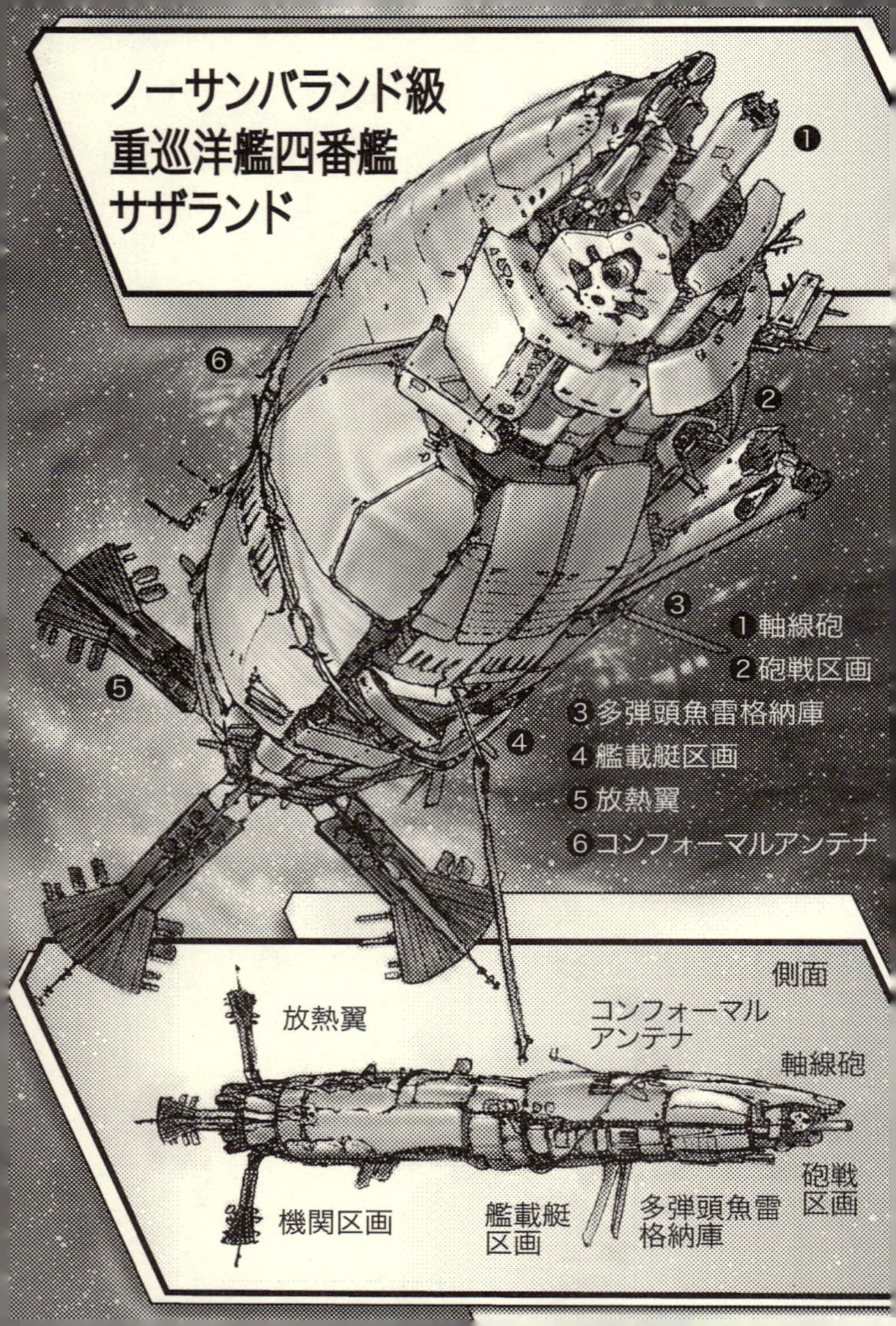
ノーサンバランド級
重巡洋艦四番艦
サザランド
❶
❷
❸
❹
❺
❻
1 軸線砲
2 砲戦区画
3 多弾頭魚雷格納庫
4 艦載艇区画
5 放熱翼
6 コンフォーマルアンテナ
側面
放熱翼
コンフォーマルアンテナ
軸線砲
砲戦区画
機関区画
艦載艇区画
多弾頭魚雷格納庫

N-3政府専用船　旭光丸

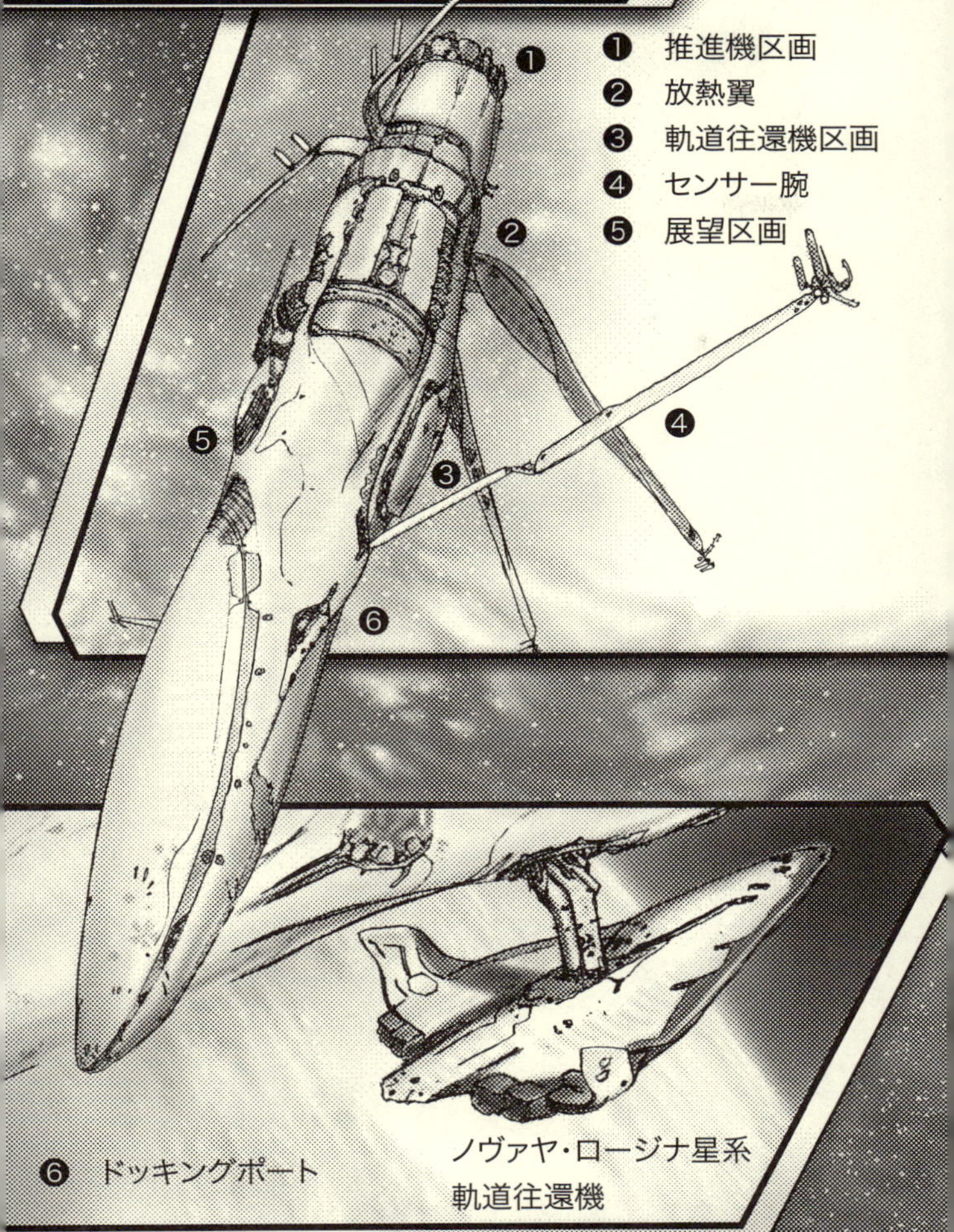

❶ 推進機区画
❷ 放熱翼
❸ 軌道往還機区画
❹ センサー腕
❺ 展望区画
❶
❷
❸
❹
❺
❻
❻ ドッキングポート
ノヴァヤ・ロージナ星系
軌道往還機

1

惑星環境改造《テラフォーミング》システムの低音が遠く響いている。お世辞にも心地よいとはいえない騒音だ。が、ノヴァヤ・ロージナ星系で唯一の可住惑星である第五惑星、リェータに住むかぎりは慣れねばならないものでもある。気温は零下二六度。天空のあちこちにオリオンの星々が冷たく輝いているという天候のわりにはあたたかといえた。

凌辱《りょうじょく》をうけた男女の遺体は、その〝あたたか〟な大気と雪に包まれて、なかば凍りつきつつ星あかりのもとによこたわっていた。ノヴァヤ・ロージナ星系標準時、午前三時一二分。払暁《ふつぎょう》と呼ぶにはいまだ早すぎる時刻だった。

遺体の周囲に野次馬はいない。メディア関係者もいなかった。そこにはノヴァヤ・ロージナ星系警察の警官が二〇名ほど、そして七台の警察車が停車しているだけだった。リェータ時間の午前三時過ぎに外出するほど酔狂《すいきょう》な者は（特にアラブ系市民には）滅多にいない。なにしろ低温警報もだされている。払暁の直前、気温が零下三〇度以下に達する可能性があるということだ。というわけで、巡回警邏《けいら》中の警察車（この惑星に市街警備システムで自動監視する余裕などない）、そのルーフからつきだした多機能センサーによって遺体の第一発見者となってしまった二人のスラヴ系巡査はなにもかもを呪《のろ》いつつ義務を果たすことになった。

やがて到着し、予算不足から使用時間の限られている旧式捜査ドローンを発進させた応援の警官たちはむろん自分たちの見つけたものに驚きを覚えはしなかった（緊張はした）。メディア関係者と同様、かれらにとっても、殺人事件の被害者は珍しいものではないからだ。第一次オリオン大戦休戦後、リェータの経済と治安が急激に悪化してからはことにそうだった。


事件現場は星系首都サンクト・コロリョフスカ市の南部市街、ズヴェズダ街の外れといってよい場所。商業ビル群の建設が中止された区画の裏手だった。昼間でもほとんど人気《ひとけ》のない場所で、夜であればなおさらといってよい。むろんサンクト・コロリョフスカ市はそのような場所に除雪予算をまわす必要性を感じておらず、現場とその周辺は雪で埋めつくされている。足跡が残ることをのぞけば殺人には打ってつけの場所だった。

遺体の発見から一時間あまりが過ぎると、鑑識課員とドローンによる実況見分も終わった。遺体の身元確認も済んでいる。にもかかわらず、遺体の回収その他の作業はおこなわれていない。ちょっとした物的証拠が発見されたためだ。おまけにその証拠は、この事件が単なる暴行殺人ではないという可能性を強く主張している。

「こりゃあ、間違いないか」

声の主は三〇分ほど前に到着し、現場の指揮にあたっていた星系警察本部殺人課のトルヴーヒンというのっそりした見かけの警部補だった。かれの携帯データパネルにはドローンの撮影した鮮明な動画が表示されている（低温障害を避けるため、この惑星の屋外では網膜《もうまく》投影・脳直接伝達方式情報機器の使用を禁ずる条例がある）。

「面倒ですが、自分もそうおもいます」いそいそと――そうとしか見えない――装備を片付けていた鑑識班長がこたえた。

トルヴーヒンは大きなため息をついた。白くなって視界を遮《さえぎ》りかけたそれを手で払いのけながら右耳を叩き、マイクロ・コミュニケーターで本部へ連絡した。不機嫌そのものの顔だ。あたりまえだった。公安へ事件を引き渡して喜ぶ刑事警察官などこの銀河に存在しない。

前照灯が近づいてきた。あらたな警察車が雪をかきわけて到着したのだった。

警察車に乗りこんでいたのは男女ふたりずつの私服警官だった。トルヴーヒン警部補は四人のなかでもっとも魅力的な女性に手をあげた。ロシア語で呼びかける。

「イリナ・ディミトロヴナ、こっちです」

「おはよう、にはまだはやいわね」

星系警察本部公安二課長、イリナ・ディミトロヴナ・ミハイロフ警部は応じた。ミハイロフはその能力と外見に数多くの賛美者をもつ三〇代後半の婦人警官だ。ただ、今宵《こよい》の彼女の見かけはひどく冴《さ》えない。

普段のミハイロフは、世の男どもを引きつける質《たち》の女性的な逞《たくま》しさにあふれた人物だった。しかしいま、彼女の見かけは、仕立ての悪い防寒外套《がいとう》で台無しになっている。いつもならば魅力的な光をたたえている両目も眠たげに見えるだけだ。無理もなかった。ミハイロフは、一ヶ月ぶりにとれた休暇の初日を迎えたばかりだ。女だけが味わうことのできるあの心地よい疲労を友として彼女が眠りこんでから三時間ほどしか過ぎていない。

「死後約六時間です、イリナ」トルヴーヒンがいった。苦笑をうかべている。

「身元の確認はたしかなの、アリョーシャ?」遺体にむけて雪を踏みつつミハイロフはたずねた。数本の歯が中途半端に欠けた口から、白くなった吐息が星空へと盛大にたちのぼった。

「鑑識が略式遺伝子鑑定の手順を間違えていなければ」トルヴーヒン警部補は答えた。自分にしか見えないなにかを示すように右手を動かしている。かれの右腕が動くたびに、軽量合成皮革製のバル・カラー・コートが虫の鳴くような音を立てた。

「間違えてはいないわけね」ミハイロフは乾いた声でいった。「まず確実に」

「遺伝子制御施設《Cファクトリー》に連絡してもよいぐらい、でしょうね」トルヴーヒンの声には、遠慮の無い安堵《あんど》がにじんでいる。

公安へ事件を奪われるのはたしかに気に入らない。しかし自分で抱え込むには面倒なものであるのもはっきりしていたからだ。

かれが最初にそうおもったのは遺体の身元が判明したときだった。そして、ドローンが空から捉《とら》えた映像が仕上げとなった。

いまやトルヴーヒンはこの一件をミハイロフの公安二課に押しつけたくてたまらない。好きこのんで事件以外の苦労を抱えこむ趣味はないからだった。

休戦後、リェータ全域同様、サンクト・コロリョフスカ市の治安も悪化の一途をたどっている。犯罪増加率は、あのヨーシフ・スターリンの亡霊でさえ青くなってしまうような上昇曲線を描いていた。なにしろ今現在の時点で星系警察本部殺人課は二一七九件の未解決殺人事件を抱えていた。うち一五六〇件は休戦後――つまり、ここ半地球年で発生した事件だ。

トルヴーヒンはそこに有力者一家がらみの『刑事事件』をつけ加えたくはなかった。この一件を担当することは、魔女の大釜《おおがま》で開催される水泳大会、その代表選手に選抜されるようなものであるからだ。現場にあらわれたミハイロフの反応がかれをほっとさせた理由はそういうことだった。

被害者の遺体は数メートルほどの間をあけて雪面に転がっていた。警察車のヘッドライトやバルーンライトによって照らしだされている。すでに肌は青白く変色していた。頭髪や眉毛、そして口元は白く凍っていた。剝《む》きだしにされた陰部も例外ではなかった。

「暗いわね」ミハイロフはいった。

「投光車は別件で出払ってますし、ドローンはもう使えませんよ」トルヴーヒンは答えた。

「開発本部に臨時照射は要請したの？」

「するだけは」トルヴーヒンは軽く肩をすくめてみせた。リェータ開発本部は星系政府公官庁のなかでもっとも有力な部門だ。そして殺人課の警部補を重要人物とはみなさない。

ミハイロフは溜息をついた。それは視界を遮るほどの白さで凍りつくような夜気《やき》にひろがった。すぐに消える。彼女は赤くなった高い鼻筋に軍用手袋をあてた。軽く擦《こす》る。凍傷の心配が豊かに盛りあがった胸をよぎったのだった。まだ感覚があった。安心する。毛皮帽の上から右耳を叩き、マイクロ・コミュニケーターで呼びかけた。

「星系警察八五六号より開発本部照射管制室」

「こちら照射管制室、夜勤担当官ファルーク」眠たげな声の応答があった。

「臨時局地照射を要請する」ミハイロフはいった。「こっちの発信位置を特定し、そこに反射鏡をむけて。照射時間は無制限」

「そいつは無理だ」夜勤担当官は答えた。「こっちにも予定がある。さっきも殺人課から要請があったが——」

「坊や、こっちの番号を聴かなかったの？」ミハイロフは断ち切るようにいった。「あたしは星系警察本部公安二課のミハイロフ警部。ということは、どんな必要性から照射要請をしているのか、説明するまでもないわね？　それに——たしかファルークって善悪の分別がつく者、って意味のはず」

「公安二課？」夜勤担当官は訊《たず》ねかえした。倦怠感《けんたいかん》のかけらもない声に変わっていた。「確認する、五分待ってくれ」

「三分。集束《しゅうそく》は甘くして」ミハイロフは意図的に快活さをまぶした口調でいった。「別にここを熱帯にして欲しいわけじゃない。ちょっとだけ明るくなればいいの」

「了解」

通信を終えたミハイロフは口のなかで夜勤担当官の母親についての表現をいくつか呟《つぶや》いた。いうまでもなく彼女のように美しい女性について固定観念を抱いている男ならば卒倒しそうな内容だ。しかし、それを耳にしたトルヴーヒンは笑いをかみ殺しただけだった。殺人課の私服警官よりも口の悪い警官はそうそういるものではない。

現場が徐々に明るくなっていった。もちろん朝の訪れではなかった。F型主系列星ノヴァヤ・ロージナの漂白されたような黄色い光はもう三時間ほどしなければこのあたりを照らしださない。いま事件現場に注がれている光は、リェータの低軌道上を周回するテラフォーミング用軌道反射鏡九七号によってもたらされている。

二つの遺体がただの青白い影ではなくなった。

ミハイロフはそれを注視した。

いずれも若い。女は彼女と同様に長身のスラヴ系だった。金髪で、スタイルは良いが、美人と呼ばれるまで一光秒ほどの距離がありそうな顔立ちだ。年齢は二四、五といったところかしらんとミハイロフは見当をつけた。女が金持ちではないこともわかった。

胸の形が悪いのは肉体変容をする金がなかったことを意味している。ただし下半身にみえる凍りついた陰毛の色が頭髪と異なってもいたから、ただの面倒くさがり、あるいは自然主義者の可能性も否定できない。

「ああ、ドローンじゃ見えてなかったが、はあ、ほう、ほう」トルヴーヒンがうめいた。

「女の身としては心おどるような、ばかばかしいような」性的な面においてきわめて古さい傾向の持ち主であるミハイロフも呆《あき》れたように呟いてしまう。

もうひとつの遺体——少年と呼んでよいそれの剝きだしにされた下半身には、かれがマイクロマシン体内常駐者であることをしめす明瞭《めいりょう》な証拠があった。ひとつで充分なものがふたつ備わっているからだ。むろん生まれつきそうである場合もあるが、この遺体の場合は違う。性的な刺激を目的とした奇怪な突起がいくつも備わっている。自然にそうなることなどありえない。そして、リエータにおいてそのようなことができる若者は、よほど裕福な家庭の出身者といってよかった。

「すくなくとも異性愛者であることはたしかですな」少年の股間《こかん》に視線を据《す》えたトルヴーヒンがいった。かれの声音《こわね》には、茶化すような響きがあった。

「そうなの？」ミハイロフは訊ねた。

「そうですよ」同性愛者《アクロバット》であるトルヴーヒンは答えた。「わたしと同じ性的傾向ならば二本もいらない。余りますからね、まあそれはそれで楽しいのかもしれないけれど」

「ああ、なるほどねぇ」ミハイロフはうなずいた。「まさに道理、というところね。身元は？」

「女はこの近所の集合住宅に住んでいる事務員です。未婚で、家族とは別居しています。大工の女房なのか淫売《いんばい》なのか、あるいはそのどちらでもないのか、まだわかりません」

「少年は？」ミハイロフはさらに訊ねた。声音には探るような響きがあった。

「ラシッド家の三男坊」

「ラシッド家」ミハイロフは鸚鵡《おうむ》返しに呻《うめ》いた。歴史を学んだスラヴ系市民が、ソヴィエト社会主義共和国連邦、と唱《とな》えているような発音だった。有能きわまりない女性警部は、トルヴーヒンが公安へ事件を押しつけてほっとしている理由を理解し、了解したのだった。

　ミハイロフは一緒にやってきた部下の一人を呼んだ。アラブ系の婦人警官で、巡査部長だった。

「アーチャ、どう？」ミハイロフは訊ねた。「ラシッド家の三男坊だとすれば見覚えがあるでしょう」

「間違いありません」ロシア風の愛称で呼ばれた小柄な巡査部長は答えた。本当の名は別だが、ミハイロフはアーチャとしか呼ばない。

「ラシッドの放蕩《ほうとう》息子です」

アーチャはいった。彼女はヴェール《ヒジャブ》をつけていない。やや開放的なイスラム教徒だからだ。彼女の祖父母は地球のイラクからこの星系にやってきた。

遺体をみおろすアーチャの瞳は冷静だった。内心には彼女の信教、その教義に起因する感情がいくらか生じているはずだが、彫《ほ》りのふかい顔立ちに浮かんでいるものは職業意識だけ。立派なものだった。

「それだけ？」ミハイロフは訊ねた。

以前に取り調べたときとは身体的特徴にいくらかの違いがあるようですねと彼女はつけくわえた。アラブ系移民のなかでも有数の名家といってよいラシッド家の三男は、あまりにも人生を楽しみすぎることで名を馳《は》せている。

ミハイロフは苦笑を浮かべた。トルヴーヒンに訊ねる。

「遺体の状況は？」

「ありとあらゆる性交。前はもちろん、受動的肛門《こうもん》性交その他もいろいろと。まさに文字どおり、インターコースそのもの。ああ、フランス式愛情表現《フランツスカヤ・リュボヴィ》もおこなわれています。もっとも、そっちは二人だけの時に楽しんでいたものも混ざっています。略式鑑定で、女の口腔《こうくう》内からそんな反応がでました」トルヴーヒンは答えた。「つまり、二人とも、目鼻と耳の穴をのぞくありとあらゆるところを掘られてますね。捜査報告には使えない表現ですが」

「被害者たちの関係は？」

「まだわかりません。まぁ、ラシッド家の三男坊となればどこで誰となにをやらかしていようと不思議じゃありませんが」トルヴーヒンは気のない口調で続ける。「すくなくともこの女性、男にまったく受けないわけじゃなかったでしょう」

「生きているあいだはね」ミハイロフは冷酷な発音でいった。

「あなたがそうおっしゃるのならば、イリナ」トルヴーヒンは両手をわずかにあげてみせた。

「ラシッド家じゃVネットは使わせないの？」ミハイロフは不思議そうに訊ねた。良家とよばれる家では、子女の性的安全を確保するために、Vネットをもちいた擬似的な性行為を思春期以降の子供たちに奨《すす》めることが珍しくないからだった。

トルヴーヒンは肩をすくめた。かわりにアーチャが答えた。

「ラシッド家は伝統を重んじる家柄です」

「たいした伝統ね」ミハイロフは溜息とともに呟いた。トルヴーヒンに訊ねる。「アリョーシャ、周辺には人員を配置しているわよね？」

「ええ。すでに挙動不審者八名を拘束《こうそく》しています」

「そのなかに犯人がふくまれている可能性は」

「三人組の若造がいます。前科があり、全員が両性愛者です。うち一名は八歳の男の子への強姦未遂《ごうかんみすい》――」

「きまりじゃないの」ミハイロフは画家の手で描かれたように整った眉の右側だけを持ちあげていった。声音には叱責《しっせき》にちかい響きがある。当然の反応だった。彼女の内心にあった了解は、この事件が解決の糸口すら見えていない、という前提のもとでつくりあげられたからだった。

「暴行殺人そのものは」トルヴーヒンは答えた。

「じゃあ、こんな時間に」ミハイロフは仕立ての悪い男物の外套を軽く叩きながらいった。「あたしを素敵に太った服の趣味が悪い夫の隣から引き剝《は》がした本当の理由はなに？」

「あれです」トルヴーヒンは遺体からさらに数メートルはなれた場所をしめした。雪面が奇妙なかたちに掘られている。

ミハイロフはそこに近づいた。そのあいだに星々に支配された天空から注がれる光が一瞬だけ弱まり、ふたたび明るさを取り戻した。これまでより照度が強い。軌道反射鏡九七号が適正照射角度の限界位置へと進んだため、適当な位置を周回していた別の反射鏡――より大型の軌道反射鏡二七号による照射へ切りかえられたのだった。

ミハイロフはそれを目にした。立ちどまる。アーチャを呼んだ。

「なんでしょうか」アーチャは上司のかたわらに歩みよった。

「これをなんと解釈すべきかしら、とおもって」ミハイロフの声は重かった。アーチャは雪面をみつめた。彼女の顔面は凍りついた。

「ロシア語で読むわけにはいかないわよね、おそらく」ミハイロフは呟いた。

「三人組のうち二人はアラブ系です」背後からトルヴーヒンが声をかけた。

「であれば」アーチャがいった。「エスと読むわけにはいきませんね。融合英語のアルファベットとして解釈せねば」

「つまりあたしたちは最悪の現実を目撃しているわけね」

「ですね。そう。たしかに、最悪の現実です。あるいはその始まりなのかも」

「生誕種別対立。冗談にもなりゃしない」

「冗談じゃありませんね」アーチャは答えた。

「畜生。魔女の婆《ばば》ア――ああ、ごめんなさいね、アーチャ」

「いいえ」アーチャはやさしげな発音で答えた。右手の人差し指で唇を撫《な》でながらいう。

「わたしもなにか、糞便《ふんべん》についての言葉をおもい浮かべていました」

微笑をうかべたミハイロフはたずねた。「被害者は、ふたりともオリジナルであったはずでは？」

「オリジナルです」アーチャがいった。「すくなくとも、ラシッド家の三男坊は間違いなく。変わっていたといっても、そういう部分についてを後から弄《いじ》ったというだけで」

「となると――真実など、どうでもよいということかしら」ミハイロフは呻くようにいった。「とにもかくにも、すべての問題は連中に押しつける」

「そんなところですね」アーチャが同意した。

「なんてこと」ミハイロフはいった。投げやりではあるが、同時に緊張をたっぷりと含んだ発音だった。「たしかにこれは公安二課が扱うべき事件ね。さっそく報道規制をしいて」

「無駄でしょう」アーチャがいった。浮気の言い訳をしているような発音だった。「メディアが来ていなくても、噂《うわさ》はすぐに拡《ひろ》がります。

「ならばあたしにどうしろというの？」ミハイロフは訊ねた。返答はなかった。彼女もそれを求めてはいなかった。雪面にはただひとつ、Cと記されていた。

2

九隻の地球連邦宇宙軍《F・E・S》艦艇は秒速約三〇〇〇キロで自治星系シルキィの外縁空間を突進した。

各艦は宇宙空間に設定された仮想の円錐《えんすい》、その面上に一定の間隔で展開していた。各艦の位置は僚艦の噴射ガスを浴びぬよう配慮されている。円錐の頂点には、旗艦《きかん》が――連邦宇宙軍最新鋭の〈ハンゼ〉級巡洋戦艦《BC》、〈クラヴィウス〉が占位していた。まさに古き海軍の伝統、旗艦先頭を具現するかのような陣形だ。戦闘陣形シュテルン・カイル。二一八七年六月に発生した第三次ハンゼ西方会戦でネイラム第一氏族軍第三七〈誓約〉艦隊を潰《かい》滅《めつ》させた突撃陣形だった。

全長八〇〇メートルを超える〈クラヴィウス〉の紡錘形《ぼうすいけい》船体、その後部に設けられた近接防御砲塔のうち八基が旋回した。砲身を斜め後方に展開する麾下《きか》の各艦へ向ける。出力をしぼったレーザーが発射された。もちろんガンマ線レーザーではない。

数秒のち、変化が発生した。陣形の後方、〈クラヴィウス〉から直線距離にして約二〇万キロ離れた面上で五角形をなすように展開していた五隻の艦艇が加速を開始したのだった。放熱翼を一斉に展開する。待機状態におかれていた常温制御融合反応機関へ推進剤を放りこむ。加速度はコンマ三G。三〇秒ほどおいて、〈クラヴィウス〉から一〇万キロほどの面上で三角形を描いていた三隻がさらに大きな加速に入った。

機関の余熱を受けとった放熱翼を赤く輝かせつつ八隻の艦艇は前進した。旗艦との位置関係をこれまでとは逆にする。円錐というよりは漏斗《ろうと》をおもい浮かべさせる陣形であった。最後に〈クラヴィウス〉が短時間の一G加速をかけて運動量を増し、あらたな陣形での位置――漏斗の底を確保した。

九隻の艦艇が加速を停止したのは同時だった。

「航海長より艦長。全艦加速停止。本艦位置ならびに編隊速力、許容誤差内」

重巡洋艦〈サザランド〉の戦闘指揮所《トリプルC》に航海長の報告が響いた。〈サザランド〉のナイジェル・ハートリィ艦長は自分の制御卓に表示された位置情報を確認した。秒速三〇〇キロとちょっと、という速度は連邦宇宙軍正規艦艇にとって低速といってよかった。極端な話、艦載主光電算機の補助を受けていれば、たとえ航海士が子供でも安全に航行できる。

ハートリィは制御卓のディスプレイに表示された各艦の情報を確認し、ほんのすこしだけ眉根を寄せた。

かれの表情を変えさせた理由は、ディスプレイ上で変化し続けている数値、各艦の余剰加速時間《SIT》にあった。それは第一戦速、第二戦速等々の呼び名で知られる艦隊行動時の規定速度――編隊速力の継続能力を数値であらわしている。

二二世紀の末になっても誤解する者が多いが、SITは、海を航行する艦船の航続力――機関を一定の出力で動かし続けることによって到達できる距離――とは異なっている。なにしろ航宙艦は加速をおこなわないからといって（外部から別の力が作用しないかぎり）速度が低下するわけではない。つまり加速・減速をどれほど実施するかが問題になる。

SITは、連邦法が航宙艦に許している法定最大加速度、八Gでの加・減速実施から、各戦速への加・減速等々、無数の組み合わせについておこなわれた計算結果を単純化したものだった。

SITをしめす値は基準点からの正負であらわされる。その値は、たいていの場合、変動し続ける。基準点のゼロが、旗艦の質量状態にあわせ、変更され続けているからだった（つまり、旗艦の余剰加速力はつねにゼロになる）。

単位は分秒といった時間の単位がそのままの意味で使用されている。プラスであれば旗艦よりいくらか余計に運動できることをしめし、マイナスであればその逆になる。すなわち艦隊陣形の保持やどの程度の戦術運動ができるかを教えているわけで、艦隊旗艦に座乗した司令部にとって、もっとも重要なデータ、勝敗に直結する数値だった（ちなみに、軍艦、商船を問わず最重視される噴射時間は、余剰加速時間とはまったく異なる概念といってよい)。たとえば大きなマイナス値を示す艦ばかりであれば旗艦の運動――艦隊行動は著しく制約されることになる。

いまハートリィが眺めているのはそうしたデータだった。

感心できないな、とおもっている。〈クラヴィウス〉に従う八隻の余剰加速時間にはかなりの開きがあったからだ。

旗艦より三〇分ほどもマイナスになっている艦もあれば、一二五分もプラスになっている艦もある。

たしかに、どちらも誉《ほ》められたものではなかった。大きなマイナスはどこかで無理な加速か減速をおこなったことを示している。大きなプラスは、やはりどこかで艦隊運動を端折《はしょ》ったことを証明している。あまり感心できない、というハートリィの感想は、故郷であるヴィクトリアでいまも用いられている英国的間接表現に従ったものでしかない。実際は、クソッたれ《ブラディ・シット》めと罵《ののし》っているに等しかった。

ハートリィは、かれの〈サザランド〉がしめす余剰加速時間を確認した。プラス六分前後。経験を積んだ艦長ならば実現してしかるべきと考えられている範囲におさまっている。威張るつもりはない。戦時中は統合艦隊所属艦艇の半分が似たようなものだったからだ。

しかし休戦条約は発効した。人類はいましめを解かれた罪人じみた気分に浸《ひた》っている。連邦宇宙軍ですらその例外ではない。

地球連邦宇宙軍重巡洋艦《CA》〈サザランド〉艦長、ナイジェル・ハートリィ大佐は第一次オリオン大戦のはじめから終わりまでを戦い抜いた男、いうなれば戦争の子だった。連邦宇《ハイ》宙軍兵学校《ガーズ》を六三〇名中の二二〇番で卒業してからの三〇年間、連邦市民たちが軍人に求める要件をハートリィが忘れたことはない。事実、その間の軍歴は、輝かしい、とまではいえなくとも、常に平均点以上であり続けている。五〇代はじめの重巡艦長という任務は、そんなかれにとって、まずまず順当なものだといえた。軍が大削減のさなかにあるとなればなおさらであった。

ハートリィは、休戦後の地球連邦宇宙軍《スターミイ》をみまった急激な変化について、正直、ついていけないという感情を抱くことがあった。軍歴の大半が対異星人戦争であったかれにとり、平時の軍とは青年士官時代の遠い記憶に過ぎなかった。なにごとにつけ要領の良さこそが重んじられ、戦争向きの能力ではなく、組織の管理者、または遊泳者としての能力こそが明るい未来をもたらす。よって平時の軍にとって腐敗とは必然だ。戦争の勝敗は、その腐敗をいかに素早くふるい落とせるかにかかっている。でなければ戦争のもたらすまた別の腐敗が平時の腐敗を覆い隠してしまい、やがてとりかえしがつかないほど負けがこむことになる。第一次オリオン大戦の地球連邦軍がそれから逃れられたのは、母星である地球にもたらされた巨大な破壊、という衝撃があったからだった。一方、ネイラム第一氏族はその勢力の強大さによって腐敗の表面化からかなりの期間、逃れることができた。ある意味、戦争が長引いたのはそれらが原因ともいえる。だからこそ両者ともに真の限界へ到達し、戦い続けることに意味を見いだせなくなったのかもしれない。

むろん別の見方もある。そしてそちらの方がより正しくもあるだろう。しかしハートリィにとっては、休戦によってむき出された軍隊の真実、少尉や中尉の頃に驚いたり憤慨《ふんがい》したりしたものがあっという間に復活したことがもっとも大きな問題だとおもえてならなかった。

すべては急速に移りゆく。そのことはハートリィにも判ってはいる。その変化がつねに理解のおよぶ方向へと生じるのではないこと、正しいはずの方向へ進まないことが問題なのだった。

実際、休戦後の連邦宇宙軍に起きた変化はとてつもない。二〇世紀中盤の戦争に勝利した後のアメリカ合衆国軍をおそったそれにも匹敵、いやそれ以上かもしれなかった。

当時、勝利とほぼ同時に開始された大規模な復員計画を目にした陸軍参謀総長ジョージ・C・マーシャル大将はそれを〝これは復員というよりは大潰走《だいかいそう》である〟と評した。

連邦宇宙軍の現状も二世紀半前のアメリカ合衆国軍と似たようなものだった。復員の名を借りた戦力の大削減が尋常ならざる熱意でもって実施されている。それがほぼ半地球年（人類標準時における六ヶ月）で達せられた事実を考えあわせるならば、いかなる敗北をもってしても起こりえぬほどの〝潰走〟といってよかった。

たとえば――休戦時、約一七〇〇隻の艦船でもってつくりあげられていたJF――連邦宇宙軍統合艦隊（Joint Fleet）はすでにない。大議会の動員令解除決議をうけ、解散している。

一〇〇〇隻ほどの徴用船舶《ちょうようせんぱく》は動員解除を通告され、意気揚々《ようよう》と艦隊を離れた。各星系軍から参加していた三〇〇隻ちかい艦艇も故郷へと帰っていった。

連邦宇宙軍の艦隊兵力削減はそれのみに止《とど》まらなかった。のこされた正規艦艇約四〇〇隻のうち、二〇〇隻以上が退役、星系軍への貸与《たいよ》、あるいは予備役《よびえき》編入の措置《そち》をうけたのだった。

六個あった艦隊司令部も、うち四つが〝改編〟されている。法的な手続きが面倒なため解隊こそされなかったものの、いわゆる常備戦力ではなくなった。有事に備えて司令部機能だけが維持されたもの、予備艦の保管が主な任務となったもの、探査任務が主になったもの、退役間際の将官などへ名前だけは立派な配置につけることが目的の〝元帥府〟化したもの。

さらに影響が大きかったのは戦時中に採用されていた任務部隊《TF》――タスクフォース『編

成』が廃止されたことだった。艦隊、戦隊、小隊という固定した『編制』だけに戻されている。ハートリィのような歴戦の士官たちは、特にこの点について面白からぬ印象を抱いていた。任務部隊の効用を知り尽くしていたからだ。

任務部隊というアイデアは、厳密にいえば連邦宇宙軍に所属しているわけではない各星系軍の艦船を、法的な軋轢《あつれき》なしに連邦宇宙軍指揮下へと組みこむ便法《べんぽう》だった。新しい考え方ではない。それは歴史の中から掘り起こされたものだ。しかし、便法としてはたいへんに有効だった。法的な意味での制限をほとんど受けずに、任務に適合した規模の戦力を運用できるからであった。

たとえば、司令長官、司令官、司令に率《ひき》いられる艦隊・戦隊・小隊は、連邦法によってその数がさだめられた『編制』単位だ。艦艇数も決められているし補職《ほしょく》される指揮官の階級も定まっている。管理するには確かに便利ではある。

しかしそれゆえ、状況の急激な変化に対応しきれないことが多い。戦争とはすなわち管理が行き届かなくなることだからだ。指揮官は法に定められた階級の者を昇任順位を守って手配して——などということはまずできなくなるし、法を守って戦争に負けることになりかねない。

戦力規模も問題になる。能力に欠陥があるからといって艦隊司令長官に二隻の旧式艦艇からなる戦力を率いさせるわけにはいかないし、有能な戦隊司令官に一〇〇隻の新鋭艦艇を与えるわけにもいかない。それならば無能な者を解任すべきだ、という正論を官僚機構で実現するのは至難の業《わざ》でもある。とにかく、運用上の面倒が（特に事態が悪化している場合）噴きだしやすい。

これに対して、任務部隊はあくまでも軍内部にとどまる臨時の組織、『編成』であり、その数や規模は法的な制限を受けない。法に基づいた存在ではないため、艦隊司令長官ならば大将か中将、戦隊司令官ならば少将か准将《じゅんしょう》といった階級の制限も〝指揮官〟という概念でひっくくることにより、比較的融通がきかせられる。適材適所の実現に向いているのだった。第一次オリオン大戦における連邦宇宙軍はまさにそれを必要としていた。任務部隊方式の廃止は、休戦が成立し、艦隊勢力が削減されたことを理由に実現した。その必要性が失われたと大議会が判断し、軍に人事面からの圧力をかけたのだった。将兵に洗脳をおこなっているにもかかわらず、平時において軍が『自由度』を保つことを恐れたからだ。

連邦宇宙軍はその圧力に抵抗しなかった。宇宙は広すぎたからだ。人類領域全体の通信速度は一九世紀半ばの地球と似たようなものであって、自由度の確保を目的とした任務部隊方式は軍を厳密に管制したいとする大議会の方針に沿わないのは明らかだった。

任務部隊方式は、戦時だからこそ可能となった魔術に近かった。

とはいえ平時にそれを継続する方法もないではない。艦隊司令部を戦略司令部として扱い、戦隊その他を有名無実の存在に変え、作戦・戦術的な運用は任務部隊方式でおこなうという手法がそれだ（予算は流用を恒常化して確保する）。事実、連邦宇宙軍内部でも任務部隊方式を望む声が高かった。

実現しなかった理由は、連邦大議会が、それを法の軽視とみなしたからだった。

軍役経験者が大多数を占める連邦大議会議員たちは、任務部隊方式が「合理的」であることを認めてはいた。しかし、休戦後の人類領域を支配する『軍隊はもういい』という風潮にさからうこともできなかった。連邦市民は、平和の配当、その一部を軍への締めつけというかたちで求めていたのだった。待ち望まれた「戦後」に連邦宇宙軍が柔軟な兵力運用能力を保持することを、市民の多くが危険な要素として認識していた。戦争に勝利した軍隊が、その勝利ゆえに腐敗した例は史上あまりにも多かったし、議員は選挙にまず勝たねばならない。人々の思いこみを真っ向から否定する勇気などだれにも期待できなかった。

かくして――大戦末期、二〇〇〇隻体制の実現をめざして整備がつづけられていた統合艦隊は幻のように消え去った。現在は、あれこれあわせて二〇〇隻ほどの艦艇が艦籍簿の現役枠に名をとどめているにすぎない。現在の連邦宇宙軍に明るい要素は少なかった。旧式艦が優先的に退役させられたため、新型艦の占める割合が高いこと、後方部隊の機能が能力半減程度で維持されていることだけが救いであった（とはいっても、後者を実現するため、軍は陸戦隊の大削減をのまねばならなかった。大戦末期、各星系軍からの動員兵力を含め、七四個師団の戦力を有した陸戦隊は、わずか八個師団にまで削減され、おまけに完全充足状態にあるのは三個師団だけだった）。

連邦宇宙軍は、その二〇〇隻の大多数を平時編制下での統合艦隊——常備艦隊麾下としていた。大削減の対象とならなかった二つの艦隊、第1および第8艦隊司令部も、当然その指揮下にある。

SF（Standing Fleet）と略称される常備艦隊、その司令部は戦時中、統合艦隊司令部が使用していたクリストスの司令部施設におかれていた。しかしながら、つけられている予算、人員は統合艦隊司令部当時の三割程度でしかないため、能力的にはまったく別個の存在であるといってよかった（司令部の権限も縮小されている）。実際、艦隊兵力のなかで戦時中とかわらぬ作戦能力を維持しているのは、対ネイラム戦用兵力として北方星域群へ展開されている第1艦隊《1F》だけだ。

削減から生き残ったもうひとつの艦隊——第8艦隊《8F》はわずか三〇隻ほどの艦艇よりなる弱小戦力にすぎない。名目上は東方、西方、南方星域群の防衛がその任務であったが、もちろん三〇隻ばかりでなにができるはずもない。東方・西方・南方星域群へ各一個戦隊を配し、各星系を順繰りに寄港しつつ訓練して歩くのがやっとだ。それは下士官兵たちのあいだで〝巡業〟と通称されるようになっている。

〝巡業〟が考え出された理由は明確だった。経済上の問題をその動機として連邦を離脱しかねない星系が人類領域のあちこちに存在していたからだ。目的も同様だった。地球連邦の威信を維持すること。〈サザランド〉が所属する第8艦隊第10戦隊の主任務はまさにそれだ。第10戦隊は南方星域群においてその〝巡業〟をおこなっている。

ハートリィはディスプレイに視線を据え続けていた。内心には暗澹《あんたん》たるおもいがある。半年ほど前、いまだ統合艦隊が存在していた頃は、軍がこれほどひどい状態に落ちこむとは考えもしなかった。連邦宇宙軍の惨状はハートリィの想像を遥かに超えていた。兵力削減によって、艦船ばかりではなく、優秀な人員も軍を去っていったからだ。たとえば、戦争に生き残ったかれの兵学校同期生、三九二名のうち、現在もなお現役士官名簿にあるものは五八名にすぎない。戦死者も少なくないが、この半年のあいだに軍を去った者も多い。かれの後輩たち、開戦後に入校したものはもっとひどい。なにしろ戦争が進むに連れて生徒数はどんどん増大し、一期あたり一万名を超えるようになっていた。とても平時の軍に未来を見いだせるものではない。もともと〝臨時雇い〟である予備士官たちについてはいうまでもなかった。下士官以下についても同様だ。

その結果がばらつきの大きすぎる余剰加速時間だった。

練度の極端な低下は当然の帰結というしかない。なにしろ第10戦隊として行動している九隻の艦艇（他の数隻は入渠中《にゅうきょちゅう》だった）に乗り組んだ将兵の半数以上が新兵、あるいは軍以外では生活が成りたちそうもない連中で占められている。軍に優秀な者たちが残っていないわけではない。しかしかれらは特別扱いを受けている。大部分が、福利厚生設備の整った根拠地や、一級品の居住可能惑星におかれた軍施設に配属されていた。けして楽なものではありえない艦艇乗務に配属したがゆえに、軍へ愛想を尽かされては困るからだった。

ハートリィはおもった。

本当に練度の問題だけなのだろうか。なにしろ艦載光電算機を用いているのにこの有様なのだ。

戦時中であれば、あちこちからかき集められた艦艇で編成された任務群《タスク・グループ》や任務隊《タスク・ユニット》（いずれも、任務部隊方式における部隊単位）でさえもっとましだった。練度だけでなく、あまりにも長期間におよんだ戦争から解放された反動で、士気《モラル》が極端に低下している影響もあるに違いない。兵站《へいたん》についても、きっとそうだ。

むろんだからこそ得られる満足感もある。少なくとも〈サザランド〉は即座に戦闘へ突入できると確信しているからだ。いまの宇宙軍で同じ気分を抱いているのは第1艦隊に配属された艦の艦長たちだけだろう。

そのとき軽い神経衝撃が着信を報《しら》せた。

さっと気分を切り替えたハートリィはディスプレイへ右手を伸ばした。表示内容を切りかえる。〈クラヴィウス〉に将旗を掲《かか》げた戦隊司令官、サルマン・ムンジュド少将は、〈サザランド〉をのぞく各艦へ頻繁《ひんぱん》にレーザー通信を送りつけていた。一応、暗号通信ではあったが、解読せずとも内容の想像がついた。ムンジュド少将も御苦労なことだ、ハートリィは苦笑をうかべた。戦時中はこの三倍の艦艇ですら手足のように扱っていた有能な指揮官だったのに（もっとも、ハートリィとムンジュドは個人的にはうまくいってはいなかった）。

三〇分後、レーザーでありとあらゆる罵倒《ばとう》を〈サザランド〉以外の各艦へ投げつけ終えた戦隊司令部は状況中止を命じた。電波管制《EMCON》が解除され、シルキィの第六惑星を周回している連邦宇宙軍根拠地と大量の通信がやりとりされはじめる。その大半はどうということはない。重要なものはごくわずか――ハートリィとかれの〈サザランド〉に関わるものはほんの一通だけだった。しかしその一通がかれと〈サザランド〉を人類領域のあらたな焦点へ向かわせることとなった。

ディスプレイに映しだされたその一通に目を通したかれは、重巡〈サザランド〉が〝巡業〟から外され、別の任務を与えられたことを知った。戦隊は太陽系から七〇光年ほど離れた（シルキィから六回のゲートスルーで到達する）リベリオンに向かうが、〈サザランド〉の目的地は違う。

それはハートリィにとってちょっとした福音《ふくいん》のような命令だった。なぜそのような任務を与えられたのかについての疑問も湧《わ》いた。かれのことを嫌っているムンジュドの差しがねにしては大がかりすぎるからだった。

と同時に、よい気分転換になるだろうともおもっていた。

3

空き地でふたつの遺体が発見された三日後、ノヴァヤ・ロージナ星系にN‐3からの訪問者たちが到着した。人類標準時二一九七年一一月六日のことだった。N‐3星系政府の高等代表団が降下艇でリエータ赤道宇宙港に降りたとき、二人の人間を殺害した犯人たちはすでに自白をはじめていた。

やはりかれらに政治的背景はなかった。Vネットと薬物と不法肉体変容に溺《おぼ》れた三人の若者は、ゆがんだ快楽を味わうためだけに被害者を暴行し、殺害したのだった。雪面にCをえがいた理由はさらにばかばかしかった。

『自分たちにはそれが判った』

というのだった。

事件は解決した。星系警察本部は二人の被害者が、凍りついたような夜、事件現場にいた理由を公表しなかった。男女の死について月並みな哀悼《あいとう》の表現を用いただけだった。雪面にえがかれていたアルファベットについても触れない。むろん生誕種別対立の表面化を避けるためにとられた処置だった。

しかしすべては無駄になった。噂がさまざまな経路で拡大したからだ。噂のなかでもっとも有力であったのは、殺された男女は屋外性交にふけっていたC——それも、肉体変容《AB》趣味《C》に耽溺《たんでき》したCらしい、というものだった。リエータの大衆は真偽を共に含んだそれを大歓迎した。自分たちのおもいこみにぴったりだったからだ。結果、暴行殺人犯への怒りを抱いた者はきわめて少数にとどまることになる。永井《ながい》景明《かげあき》がN-3高等代表団の一員として降り立った時期のリエータはそうした場所だった。

N-3星系ノヴァヤ・ロージナ派遣高等代表団をのせた政府専用船は、ゲートアウトの数分のち、リエータ高軌道上に停泊されたしとの通信を受けとった。N-3政府専用船〈旭光丸《きょっこうまる》〉が全長五〇〇メートルほどの中型船であることを考えるならば、冷遇とさえいえる扱いだった。通常、外交公用任務船は低軌道上の最適位置での周回（あるいは低軌道におかれた施設とのドッキング）を許されるのが外交上の儀礼とされているからだ。

結果、リエータへと接近する星系内針路を進む一〇日間、〈旭光丸〉に乗りこんだ高等代表団の団員たちは話題に不自由を感じなかった。ノヴァヤ・ロージナ星系自治政府が明白な外交的非礼をはたらく理由について想像を逞しくできたからだった。団員たちは自分の想像力をおもに〈旭光丸〉の乗客用公室で――和洋の内装がそれぞれほどこされたメスルーム、そしてバァで――他者に披瀝《ひれき》した。それは、与えられた仕事の困難さを自覚している団員たちにとり、ただのひまつぶしとは断言しきれないゲームでもあった。

〈旭光丸〉がリェータ高軌道に入ったのは一一月六日午後四時一五分のことだった。そこにはすでにノヴァヤ・ロージナ星系政府さしまわしの対軌道往還機が周回していた。丁重な出迎えということではない。ノヴァヤ・ロージナ政府は〈旭光丸〉に搭載された小型艇を発進させることすら許そうとしていないからだった。

「ちょっとひどすぎないかな、これは」その事実を知った岩崎雅人代表団長は重たげな顔に不快の色を浮かべてつぶやいた。評価は分かれるものの、軽挙妄動《けいきょもうどう》と縁遠いことだけは確かな老練議員にとってそれは激怒の表現といっていい。

（僕が参加させられたのは、こういうときのためだよな、やっぱり）

永井景明はおもった。団長からは航行中ずっと祖父の思い出話を聴かされる孫のような扱いを受けてきた。老人の話には常になにか学ぶべきものが含まれているから無駄だとはおもわなかったものの、いつも楽しかったわけでもない。しかしかれといくらか打ち解けることはできた。その理由が第一次オリオン大戦以前の軍役経験についてのやりとりだったとしても。岩崎団長は士官としてハイリゲンシュタットⅣの事件に関わっており、その回想には永井が〝英雄〟だからこそ口にされた部分がたっぷりと含まれていた。そしてそれ自体もまた知って損になることではなかった。誰も頼りにできず、ただ責任だけが残されたときにどうするかという話だったからだ。

「確かに惑星攻撃を恐れているかのような扱いですね」永井はいった。「しかし、露骨過ぎます。軍役を経験してない連中にもわかるように恐れている、そんな感じです」

岩崎は永井の真意を誤解しなかった。

「惑星内はそれほど荒れているわけか」かれはいった。

「それはそれで面倒ですが」永井はうなずいた。

「だからこそ官僚ではなくわたしのような議員が団長に据えられたのだろう」岩崎は上機嫌になっている。政治的問題ならば、かれの専門だからだ。

高軌道投入と同時に〈旭光丸〉とその乗員・乗客たちは時計をノヴァヤ・ロージナ標準時に修正した。連邦法でそれが規定されているからだった。現地時間は八月五日午前五時二一分。

検疫《けんえき》をうけたのち、代表団の半数が往還機にのりこんだ。のこりの半数は星系内のあちこちへと散り、情況を視察して歩くことになっている。永井景明はリェータへ降りる組のひとりだった。軌道往還機は六時間ほどかけて地表へ降下した。

以降、外交的にみてどうかとおもわれる行為はなくなった。ノヴァヤ・ロージナ星系政府はN‐3の日系人たちを丁重《ていちょう》に扱った。コロリョフスカ郊外の中央宇宙港から市内までは完璧《かんぺき》な護衛つきで、代表団を乗せた車輌《しゃりょう》は故郷では許されない特別扱い――専用車線を確保された状態で走行し、中心部にある星系政府首相府へと向かった。首相府にイヴン・タワド首相を訪ねた岩崎団長以下の高等代表団は、自分たちの目的をかれに伝え（相互理解と発展こそわれわれの望むものであります、首相閣下）、視察への協力を要請した。タワド首相は鷹揚《おうよう》にうなずき、協力を約束した。メディアはそれを各所に配信した。

公開されたのはそこまでだった。その後、タワド首相と岩崎団長はごく短い会話を交わした。それは要約してしまえばこういうことだった。

君たちはなにをしに来たのだ、こちらが想像しているとおりの目的なのか？　まぁそんなところです。詳しい話はのちほど。了解した。敬意にかけた出迎えについては謝罪する。あちこちに面倒なことを持ちだす連中がいるものでね。見せてやる必要があったのだ。なるほど、やはりそうですか。

高等代表団は首相府から数キロはなれた場所にあるホテルへと向かった。リエータにおかれているN‐3代表部の建物は代表団を収容するには、いささか手狭にすぎるからだった。とはいっても、代表団の打ち合わせその他は代表部でおこなうことになっている。ホテルの全室はまず確実に盗聴されているからだった。リェータでは、星系政府組織による盗聴は（裁判所の許可があれば）違法とはされていない。

ホテルの玄関には各メディアの取材陣がつめかけていた。団員たちはあちこちに据えられたカメラ（空中に浮かんだ気球カメラ《バルーン・アイ》やドローンはもちろんとして）にみつめられながらホテルにはいった。手を振る者はいなかった。公職にある日系人としては当然の、伝統的な無愛想さだった。

団員たちに焦点をあわせていたカメラはメディアが所有するものだけではなかった。フリー・ジャーナリスト、あるいは誰も名前を知らぬような通信社が所有している（ことになっている）カメラもかれらに向けられていた。

側面にシルキィ労働通信とステンシルされたバルーン・アイもそのひとつだった。シルキィ労働通信は三年前に名義上の所有者が変更された小さな通信社だ。バルーン・アイの映像はコロリョフスカのビジネス街におかれたシルキィ労働通信支局に転送されていた。支局は完成から五年目にしてはやくも老朽化の兆候をみせているビルの六階にあった。同じ階には六つの他星系企業の支社や出張所がおかれている。

支局のもっとも奥まった部屋に据えつけられた壁面型や空間投影型のディスプレイにはいくつものカメラから送られてくる映像が表示されていた。それを五人の男女がみつめている。うちふたりはカメラを管制する制御卓についていた。室内には光電算機の読みあげる音声だけが響いていた。監視対象七八号、白浜敦夫。熱源パターン合致。本人と確認。監視対象二七号、鈴木憲和、熱源パターン合致。本人と確認。つまり、とうの昔に『七代あとの子孫の顔まで推定できる』域に達した個人認証システムが作動しているのだった。むろんそれはメディアでも使用されているが、ディスプレイを注視する男女の表情はメディアにふさわしくない。敵を識別しているようにしか見えないからだった。もちろんそれでいい。かれらの本業は通信社の特派員などではないからだ。

五人のリーダーの名は陳栄至という。五〇を過ぎた思慮ぶかい目つきの人物で、その名からも明らかなとおり、人類領域における少数民族、漢民族の出身だった。かつては人類の四人に一人を占めるほどだった漢民族の人類人口比率は、現在、五〇〇〇人に一人というところまで落ちこんでいる。むろん日米英連合にたたきつぶされたことが理由だ。

陳の隣に立っている若い女性は脂肪分の多い体型と浅黒い肌を持っていた。背は高くない。全体的に、ホルモンによらぬ魅力で特徴づけられているタイプの女性だった。

女性が抑えた声でいった。「すくなくとも、大半の連中は名簿どおりですね。自動処理にしてしまいますか？」

「いや、君はもう少し仕事熱心なはずだよ、マリシア」陳は深く響く声で答えた。ある種の女性ならば子宮の底で受けとるであろう性質の声だった。事実、陳はこれまでの人生において女性に不自由したことがなかった。

「気になることがありますか」マリシアは訊ねた。「わたしとしては、連邦宇宙軍の動き、そちらの方が」

「その点はわたしも同じだよ」陳は答えた。「が、面《つら》つきを確かめておきたい奴がいるものでね」

「誰です？」

「それは秘密」陳は笑いを含んだ声で答えた。

マリシアはおもわず陳の横顔をみつめてしまう。むろん気になったからだ。しかしそこには完全な東洋的無表情だけがあった。正直、なにを考えているかわからない。

マリシアは祖父の代にレイテ島からシルキィへと移民した一族に属する女性だった。地球連邦の民族分類、その大枠では、陳と同じ東洋系ということになる。しかし、そんな彼女でも、陳のような男が意図して顔面に張りつかせられる無表情の意味は理解できなかった。むしろ自分の民族はアジア系という別の枠へ類別されるべきではないか、マリシアはそのようにおもうことすらあった。

「日本人の表情が読めるのですか」マリシアは訊ねた。

「連中も人間だからね」陳は答えた。「むしろ、われわれ東洋系のなかでもっとも表情の読みやすい連中だよ、かれらは」

「そんなものですか」マリシアは答えた。安易に同意はできなかった。いや、実のところ、理解の対象にしたくないというのが本音なのだった。彼女の一族には東からやってきた無表情で剽悍《ひょうかん》な小鬼についての伝説があった。彼女が祖母から語り伝えられたその伝説によれば、小鬼たちは三つの呪いの言葉を用いることになっている。コラ、バカ、シネ。そしてかれらはバンザイという叫びとともに殺戮《さつりく》の限りを尽くす。事実かどうかは知らない。しかしお祖母ちゃんの言葉が脳裏から消えることだけはない。

そのとき、光電算機があらたな名前を読みあげた。

「拡大してくれ」陳がいった。

マリシアはディスプレイに注目した。日系というよりは、東欧系に近い彫りの深い顔立ちをもった男が捉えられていた。力強く、同時に優雅なつくりの眉毛と知的な目の距離はひどく接近している。額はかなり高い。値の張りそうなロングコートを着用している。着こなしのセンスはたいしたものねとマリシアはおもった。

「永井景明、代表団高等政務補佐官」マリシアはディスプレイの一隅に表示された情報を読みあげた。

「N‐3星系政府主席の長男という以外になにか注目すべき要素でも?」

「うん」陳は答えた。視線はディスプレイに突き刺さったようになっている。「わたしはあるとおもっているよ」

「理由はなんですか?」

「奴が高等政務補佐官というのは、どうもね」陳はいった。「才能の濫費《らんぴ》だとおもえてね」

「濫費?」

「永井景明は連邦宇宙軍の英雄だった。覚えていないか? あの戦争で、最後に議会名誉章を与えられた男だ」陳は答えた。「たいしたものだよ。本当に。わたしの息子が軍にいたならば、かれのような士官の指揮する部隊に配属されていて欲しいとおもう。あんな男が一〇〇人ばかり、もう二〇年はやく生まれていれば、ネイラムとの戦争は五年で片がついただろうさ」

その言葉を聴いたマリシアはわずかに眉をあげた。陳が若い頃に妻子を事故で喪《うしな》っていること、それゆえにドン・ファンとしてその後の人生を過ごしてきたことを彼女は知っている。かつて現役のシルキィ人民軍中佐だった陳が異星人との戦場で示した勇気の原因はそこにあると想像する者すらいた。であるならば、かれの永井に対する言葉は最上級の評価として受けとるべきだった。

「つまりかれの任務は、政務代表たちの鞄《かばん》持ちではないと?」

「無論だ。資料をみるかぎり、永井はどんな人間の鞄も持つ男ではない。細君だけを例外として」

「永井の配偶者にもなにか?」

「彼女は南方星域群スキャンダルであげられた連中とかかわりがある。島峰N‐3星系議会議員の娘だ。うん、正確には元議員だな。父親がああなるまでは、将来を嘱望《しょくぼう》されていた。永井は彼女を連れてきている」

「なかなかの人物のようですね、かれは」

「なかなかの人物だよ、かれは」陳はうなずいた。「政治的才能と軍事的才能、人間的魅力を一身にかねそなえた男だ。放っておいても、一〇年以内で連邦大議員に当選するだろう。歴代最年少の地球連邦首相も夢ではない」

「ならば、我が政府は友好的に接するべきでは」

「本来ならばそのとおりだ」

「しかし現状では？」

「ああ」陳は東洋的微笑をうかべた。「この凍りついた惑星に奴がやってきた本当の理由について、わたしは疑問を抱くね、正直なところ」

「なぜですか？」

「奴のもっている能力、そのなかでもっとも煌《きら》めきをはなつものは軍事的才能なんだ。わたしだけではない。かれのデータを入力された本局の光電算機も同じ意見だ。であるならば、シルキィ星系人民政府中央特務部《CSS》工作官として、かれの派遣に疑問を抱くのはむしろ当然だろう？」

N‐3高等代表団が宿泊したホテルは七二階建てで、内装は豪華だった。現状は貸し切りといってよい。ごくたまにひらかれるパーティをのぞけば、ホテルの宿泊客はひどくすくなかった。休戦後、リエータにおける富裕な市民の比率は減少し続けていた。商用客も同様だった。観光客など期待するだけむなしかった。

永井夫婦にわりあてられたのは三部屋つづきの賓客室《ひんきゃくしつ》だった。五二階にある。

「気分のもりあがるような眺めではないわね」窓から街並みをみつめていた良子《りょうこ》がいった。

「眠そうだね」永井はいった。「睡眠調整がうまくいかなかった?」

「そうでもないの」良子は答えた。「この一〇日のあいだ続いたあれのおかげよ。ほとんど毎日だったでしょう?」

「ああ」永井は了解した。良子は〈旭光丸〉のメスルームで連夜のごとくひらかれた会食のことをいっているのだった。「まぁ、あれは、日系に特有の」

「そうでもないとおもうけれど」良子はいった。「日系の古典的ルールであるならば、わたしは関係ないはずよ」

永井は苦笑をうかべた。代表団の団員たちは全員が既婚者だった。それは永井翔太《しょうた》を主席として成立した新政権の父性的価値観にもとづき、要求されたものだった。日本的慣習の例外に属する処置にもそれはあらわれていた。皆、配偶者を同道していたのだった。

ゲートアウト後の一〇日間、古風な（まるで一流料亭のような）内装がほどこされた〈旭光丸〉の貴賓用メスルームでひらかれた会食でもその例外処置はつらぬかれた。新政権のルールに従い、誰もが、自分の配偶者を同席させたのだった。そして良子は、その種の偽善的な行為をけして好んではいなかった。

会食に出席した者たちの配偶者には男女がともに含まれていたから、性差別的な意味でそれを嫌っていたわけではない。会食、宴席、密談――どうとでも呼べるようなその席で、良子は完璧な配偶者の役柄を演じきった。酒をあおっているうちに、前頭葉を含むすべてにアルコールがまわってしまった永井をたすけて立ちあがらせ、幼児をあやすようにして船室へ導くことまでした。永井にも良子の意図は充分に理解できていた。かれの前頭葉はたとえアルコールに浸されても機能不全をおこすことはないからだった。

もちろん永井はそのちょっとした醜態《しゅうたい》をなかば以上、演技としておこなっている。良子にもそれは判っていた。と同時に、内心のどこかに素直なよろこびがあることをかれらは認めていた。要するに、かれらは古典的な日本型夫婦関係を楽しんでもいるのだった。その点において、永井夫妻は完璧といってよいほどの演技者といえた。

周囲のものたちはその情景を好意的に受けとめた。劣等感を覚えることすらあきらめてしまうほどの夫と、なんとも劇的にすぎる過去をもつ妻のそうしたありさまはかれらに安心感を与えた。酒席でのつきあいを苦にしない細君や夫君と同席していた者は特にそうだった。たとえ永井夫妻が〝特別〟な人間であっても、男女としてのかれらがあきれるほど人並みであることを証明するその情景には安堵と好感いがい、抱きようがない。

永井は上着のポケットから小さな箱を取りだし、その表面を撫でた。箱の表面に埋めこまれた表示装置が何度か赤く瞬《またた》き、やがて緑色になった。室内にしかけられた盗聴装置が無効化されたのだった。しかし、まだ安心はできない。窓の震動を拾われる可能性がある。

永井は貴賓室にだけとりつけられている窓のカーテンを指さした（普通の部屋は偏光ガラスだけだった）。良子はカーテンを閉めた。永井は壁面ディスプレイを作動させ、音楽チャンネルを選んだ。クラシック・ロックを指定する。マーティン・ファゾムの手になるギターの絶叫が部屋を満たした。一五〇年以上前の演奏だが、その迫力はたいしたものだった。

永井はソファに腰を降ろした。良子を手招きする。良子は隣に座り、寄り添う姿勢をとった。

「あなたが望むならば別だけれども」かれの耳元で良子はいった。「なるべくならば」

「おそらく、今後は大丈夫だろう」永井は答えた。「君のおかげで、僕の立場はずいぶんとよくなった。政治的な立場を異《こと》にする者は多いが、代表団の中に、あからさまな敵意や反感を示すものはいなくなった。まったく日本的な意味で、〝意外にいい奴〟になれた。しかし」

「しかし？」

「僕の参謀長としての役割は終わっていない」

「参謀長」良子は笑いだした。「ずいぶんと出世させてくれたわね」

「まさにそのとおりであるからさ」永井は真面目《まじめ》な顔で答えた。「ノヴァヤ・ロージナの情勢を早期につかまねばならない。父に、正直なところを伝える必要がある。その点、僕は君の能力と知性に期待している」

良子は夫の横顔をみつめた。耳元に口をよせた。

「命令して、大尉」

「ならば」永井は答えた。「とりあえずは、仲良くしよう」

「まぁ、こんな騒音の中で？」

「ちょっと試してみたくてね」

4

失職し、リエータへ〝落とされた〟あとのフョードロフの日々はまったくろくでもないものだった。何度か、短期の肉体労働にありつくことはできた。しかし、まともな仕事、かれがUSスチールで身につけた技能を生かせるようなものは見つけられなかった。実のところ、フョードロフのような立場に置かれていた人間は、ノヴァヤ・ロージナ、わけてもリエータではまったく珍しくなかった。この星系の失業率はすでに三〇パーセントに達している。失業の形態は最悪——ケインズ型失業と摩擦《まさつ》型失業が徒党を組んで進軍しているからだ。有効需要が激減し、その結果、景気のよい時期ならば無視されただろう社会システムの矛盾《むじゅん》が噴きだしていた。

要するに、イリア・アレクサンドロヴィッチ・フョードロフの人生はあいかわらずお先真っ暗だ。その原因は、ただノヴァヤ・ロージナにだけあるわけではなかった。南方星域群先端部の置かれた政治的・経済的情勢によってもたらされたものでもある。

この時期、ノヴァヤ・ロージナは突如として人類領域の政治的動向、その焦点になっていた。

人類標準時の一一月上旬から中旬にかけて、南方星域群先端部の有力星系、そのほとんどすべてが代表団を送りこんできた。各代表団はノヴァヤ・ロージナの星系空間全域で活動をおこなっている。各星系代表団のなかで特に熱心だったのは、N‐3、ファン・カルロス・スター、ハイヴァージニア、ノイエス・ドイッチェラント等だった。

と同時に、各星系は〝きわめて非公式《アンダーカヴァー》〟な〝代表団《スプークス》〟もノヴァヤ・ロージナへ派遣している。そちらの活動で熱心であったのはファン・カルロス・スターとシルキィだった。かれらの活動は、おもに政治・経済面へ向けられていた。ノヴァヤ・ロージナの不安定化が、休戦によって経済格差の顕在化した南方星域群先端部にどのような影響をもたらすのか、かれらはそれを探ろうとしていたのだった。もちろん、その種の活動をおこなう代表団については、ノヴァヤ・ロージナ星系政府には一切通知されていない。

このほかに、多星系企業もノヴァヤ・ロージナでの情報収集能力を強化している。日本《J》スター《S》システム《S》とユナイテッド《U》・ギャラクティック《G》・ディヴェロップメント《D》の二社など、それぞれ数百名の調査員をこの星系に投入していた。両社は南方星域群先端部、その北北西未探査領域における調査権をあらそっているからだった。

具体的にいえば、N－3、ジャンクション5、ハイヴァージニアと接続されているゲートルートの先端にある連邦《F》星表《C》ナンバー《N》223星系の調査権だ。昔はLFT439というカタログ・ナンバーがつけられていたそのK3型恒星には、人類が二番目に見つけだした〝故障中〟のハイゲートがあるのだった（最初に発見された〝故障中〟のハイゲートの調査は不可能だった。それは半世紀ほども昔に、アースター・ヴァニシングとして知られる最悪の科学的・軍事的事故の影響で――あるいは原因となって、人類領域から消え去っていた）。

ＪＳＳ社とＵＧＤ社は、それを、ハイゲートの謎《なぞ》に触れる絶好の機会として捉えている。

もし、いくらかでも謎を解き明かすことができたならば、その経済的波及効果は計り知れないものになるからだ。たとえ人類の大半がハイゲートの謎に飽きていたとしても、見過ごしにはできなかった。

それだけではない。ノヴァヤ・ロージナへ二大多星系企業《MSC》が強い関心を抱くにいたった理由は、この貧しく惨めな星系が、南方星域群の主ゲートルートの終点であるシルキィと先端部を（N‐3を）つなぐ唯一のゲートルート上に存在している恒星間地政学的現実ともかかわっている。そこはかつてオリオンへと続く黄金の道として喧伝《けんでん》されたゲートルートだった。シルキィ、サナータナ、ノヴァヤ・ロージナ、N‐3とつづくこのゲートルートの政治情勢は、FCN223をはじめとする先端部開発事業に致命的な影響力を及ぼすだろう、かれらはそう考えているのだった。

ノヴァヤ・ロージナの悲劇は、その〝致命的な影響力〟がけして経済的利益へと転化されない点にあった。たしかにそこは重要な地域であり、どのような勢力が支配するかによって周囲に影響を与えうる。しかし誰もそこに手をだそうとしない。あまりにも不毛な場所であるから。まさに、カント、ラッツェル、ハウスホーファー的地政学におけるハートランドの役割をこの凍った星系は押しつけられているのだった。地球連邦、そして各自治星系政府のほとんどがマッキンダー、マハン、有坂らの唱えた地政学を――海洋国家的戦略観を――重んじているとなればなおさらだった。

無論のこと、フョードロフにとり、戦略論などは無縁のものだ。しかし、それがフョードロフ個人にもたらした影響はあまりにも大きかった。いまのかれは貧困のさなかにあり、そこから抜けだせる見込みはまったくない。多くの人々はかれの置かれた境遇に同情を示したが、どうすることもできなかった。かれら自身もまたフョードロフと大差ない状態にあったからだ。

正直なところ、みずからの身の処し方について万策尽きたというのがフョードロフの本音だった。かれにはリエータから抜けだす方法がなかった。そしてリエータにかれを雇い入れるような雇用者はいなかった。

フョードロフは知性ある男だった。体力もあり、一般的な教育を優等の成績で終え、いくらかの実務的経験も有している。なにごとかを成しとげたいという意志も持っていた。

しかしそれだけだ。かれは、余人をもって換えがたい――イリア・アレクサンドロヴィッチ・フョードロフでなければならない、という特別なものを持っているわけではない。整った顔立ちと立派な体格を有する男でもあったが、それを、性的な意味合いの職業へ利用できる性格の持ち主でもなかった。倫理観を捨てられない人間なのだった。そうした態度はある面において尊敬されるべき資質ではあった。しかし、ノヴァヤ・ロージナの現状にはまったく適合していない。なんとも不幸な男だった。

フョードロフ本人ですらその点を自覚していた。イリア・アレクサンドロヴィッチ・フョードロフとは、要するに、どこにでも転がっている石のような存在にすぎない。たしかにかれは機会にむけて懸命に歩みよろうとしていた。しかし、機会の方はかれから超光速で遠ざかっていった。そしてもちろん、フョードロフは相対論的限界のなかで生きている。なのにかれの人生にハイゲートは存在していない。かれは自由主義的・資本主義的な原則によって閉塞《へいそく》されていた、ともいえる。

しかし、心理的な面では意外な変化もあった。リェータという惑星にいささかの愛着を覚えるようになったことだ。たしかにかれはサンクト・コロリョフスカ市以外の場所はほとんど知る機会がなかった。以前は軌道上にいたし、いまは経済的な制約がある。それでもリェータに覚える魅力は増す一方だった。

なかでも、スタリナヤ河岸の遊歩道はお気にいりの場所といっていい。市の中心部を分断しているスタリナヤ河沿いをゆっくりと歩き、その凍結した川面《かわも》に降り積もった雪を眺めるのは悪い気分ではないと気づいたのだ。テラフォーミング・システムによっていつかもたらされるはずの春を想像する楽しみもある。そうなれば、いまだ連邦の開発援助投資が盛んであった時代に整備された川岸の光景はすばらしいものになるだろう。

フョードロフはまったくといって良いほど自覚していなかったが、それは、郷土愛とでも呼ぶべきもっとも原始的な感情だった。かれはリェータという名の牢獄《ろうごく》にとらわれた囚人であると同時に、その牢獄をこよなく愛する人間になっていた。すべてを失った男は、すべてを失うことにより、故郷を見つけだした。ただしそこは優しい場所ではないし、この先どうしてよいのかもわからない。

その日もフョードロフはスタリナヤ河を眺めていた。時刻はノヴァヤ・ロージナ標準時八月一〇日午後二時。大気はかすかな温かみを含んでいる。テラフォーミング用反射鏡の幾つかが、昼のあいだは、都市部を照射し続けるからだった。とはいっても、せいぜいのところ、手袋をはめていなくても凍傷を負わずにすむという程度の気温でしかない。

地球の夏――小惑星爆撃をうける前の夏は、自分が生まれたボルゴグラードでも摂氏《せっし》三〇度をこえることが珍しくなかったというが、それはどんな気分のものなのだろうとフョードロフはおもった。

かれが生まれたのは第一次オリオン大戦の前だ。物心がついたのは地球環境が激変したあと。そして、両親が事故死してからはこのリエータ。フョードロフは、自分が、生まれてこの方、寒く凍えた場所ばかりで人生を送らねばならなかった理由が判らなかった。その疑問は年とともに深まると同時に、スラヴ的な諦観《ていかん》じみたものを伴うようになっている。

フョードロフは考え続けた。開発本部が宣伝にこれつとめている〝夏《リエータ》〟の到来は人類標準時間で一〇年後。ノヴァヤ・ロージナ時間で六年とちょっと。フョードロフはその実現をまったく信じていなかった。しかし、どこかに期待はあった。

うつむき加減の人々と行き違いつつフョードロフは遊歩道を歩いた。スタリナヤ河はあいかわらず美しい。凍結した川面は陽光――その大半は反射鏡によってもたらされたもの――を浴びてやわらかにきらめいていた。

フョードロフはその最高級の砂糖菓子のような情景を味わった。いいものだ、と素直におもっている。それは同時に、かれの現実に対する認識力がなかば麻痺《まひ》していることの証明にもなっていた。かれが目にしたことのある本物の川はすべて凍結したものばかりであること、それが人類領域ではどれほど奇妙なことであるかは考えもしない。

フョードロフの生活は貧困から困窮《こんきゅう》へと落ちこみつつあった。どうにか生きのびられるだけの栄養を摂取する金はあったが、それ以上、なにもなかった。だからこそ自分が凍結した川しか知らないことに疑問を覚えない。川とはそういうものだとおもっている。いや、そう決めこんでいた。Vネット上であればいくらでも仮想の川、氷ではなく流れる川面を体感的なレベルで知ることができたはずなのに、そうしようと考えたことすらなかった。目の前の川と同様、精神も凍り付いていたのかもしれない。でなければ、空に浮かんでいた広告宣伝用無人飛行船が空中へ投影している映像やスローガンが素直に心へ飛びこんでくることなどありえなかっただろう。

ノヴァヤ・ロージナにおける自治権の拡大に関するスローガン。フョードロフはそれをみつめた。スローガンのほとんどすべては内心を素通りした。その脇に表示されていたフエオファン・グレクを模したイコンも無視した。しかし、無料給食ありという部分と、集会の開催される場所だけは脳裏に刻みこまれた。

行ってみよう、フョードロフはおもった。集会は午後六時から。場所はここから歩いて四〇分ほど。しかし、それまでの四時間をどうやってつぶそうか。信用レベルが低下しているため、時間借りのVネット・ルームにも入れない。

まったく手持ちぶさたな思いでフョードロフは周囲をみまわした。周囲を歩くひとびとはあいかわらずうつむき加減のまま通りすぎてゆく。無人飛行船に注目しているものは誰もいなかった――いや、ひとりだけいた。フョードロフと同じように、遊歩道から空を見あげている男だった。裕福そうにはみえないところもかれと同じだった。

フョードロフは男に視線を据えた。俺のほかにもこの凍った惑星に囚《とら》われの身となった人間がいるのだ、とおもっている。

視線に気づいたのだろう。男はフョードロフの方を向いた。かれと似たような年格好だった。

フョードロフは眉毛と目の動きで飛行船の方を示した。苦笑を浮かべる。男も苦笑を返してきた。典型的なスラヴ人の特徴を持つ男だった。

男はいった。

「これでおたがい、本日の夕餉《ゆうげ》は確保できたというわけですな、御同輩……」

「フョードロフ。イリア・アレクサンドロヴィッチ」

「セルゲイ・ヴラディミロヴィッチ・ミシチェンコ」

「あなたも失業者か、セルゲイ・ヴラディミロヴィッチ」

「御明察。イリア・アレクサンドロヴィッチ」

二人は笑った。ちょっとした安心感もおぼえている。ミドルネーム――父称をつけくわえて呼びあうことで、たがいの性的傾向を確認したからだった。父称をつけくわえて呼びあうという習慣は、その昔の（地球の）ロシアでもちいられた非公式な敬意の表現だった。伝統に根ざした慣習といってよい。それゆえだろうか、現在では、他者の性的傾向を控えめに確認するために用いられることも多い。伝統的＝異性愛者ということだった。ここ一世紀ほどのあいだに、そういう慣習ができあがっている。単純きわまりないが、約三八〇億の人類――そのうち三割近くが同性愛者あるいは両性愛者である現実に適合した手法ではあった。

フョードロフとミシチェンコは立ち話をした。ミシチェンコの置かれた立場もかれと似たようなものだった。バーナードに住んでいた家族は戦争で全滅した。もちろん、リェータから抜けだせるあてがあるわけでもない。

いったい何を喰わせるつもりだろうとフョードロフはいった。

「おそらくはスープと黒パン、一、二杯のウォトカがいいところじゃないかな」ミシチェンコはがっしりとしたつくりの顔面に微笑をうかべて答えた。どこか投げやりな口調で続ける。「すくなくとも、あの集会はアラブ系を対象にしたものじゃなさそうだからね」

「なにもないよりはましさ」フョードロフは答えた。胸の前でちいさく十字を切ってみせる。「ちょっとしたものにありつけるのならば、立派な東方正教徒にでもなってみせる」

ミシチェンコも十字を切った。「最近はミサにもいってないな。この街には立派な教会があるというのに」

「たしかに立派だな。玉葱《たまねぎ》に似たものを塔の上にのせているわけじゃないが、立派だよ」

「この惑星に最初の植民団が降りた時、連中が最初につくったのは教会だった。妙な被《かぶ》り物を頭に載せた坊主が最初にねぐらを手にいれた。なんともまぁ、伝統的な姿勢の表明ではあったんだろうね。それにくらべ、われわれはどうにも不信心だ」

「神も赦《ゆる》し給《たま》うさ。われらの信用ランクをお知りになれば」フョードロフは答えた。

こうしたやりとりは、かれら二人がすぐれて現実主義的な人間であることの証明になっていた。あまねくしろしめす神が貧者にとって最後のよりどころであるのは人類が恒星間空間へと飛び散ったあともかわりがない。フョードロフとミシチェンコは共にその神に頼ろうとしていなかった。フョードロフはミシチェンコと自分が似たような性質の人間であることを知り、さらに安堵感を抱き、年来の友人のように会話を弾ませた。フョードロフは愚かな人間ではなかったが、自分のそうした態度がスラヴ系男性のもっとも古典的な類型にあてはまることに気づいてはいない。

風が鳴った。フョードロフとミシチェンコは空を見上げた。そこには重い色合いの雲が拡がりつつあった。すぐに雪が降りだすだろう。

5

南郷一之《なんごうかずゆき》は私服だった。本人しかわからぬ見栄からだろうか、帽子は被っていない。リエータに到着してからすでに一週間あまりが過ぎている。

身につけているのはこの惑星で一般的なロシア風の防寒着ではなかった。第一次オリオン大戦後半、数世紀ぶりに再流行したダークグレイッシュ・グリーンのマォ・ツェトン・スーツだった。日本語の古典的呼称では人民服と呼ばれる。その上にくたびれた風情のボックス・コートをはおり、この星の寒さに対抗している。もちろんそれらの材質は過去に用いられていたものと同じわけではない。断熱の機能を兼ねた軽量防弾素材が縫いこまれている(断熱機能があるということは、レーザー銃に対してもいくらかの防弾機能を持っていることを意味する)。

南郷は殺風景な街路をゆっくりと歩いていた。気温は零下一〇度ほどだろう。雪が降っていた。かれの隣にはセアラ・リー・ハーヴストがいる。腕こそ組んではいなかったが、連れだって歩くかれら二人の姿が親子や兄妹のように見えるわけでもない。

セアラは、胸回りが奇妙なほどゆったりとデザインされたノーフォーク・ジャケットに乗馬ズボン《ジョパーズ》風のパンツ、女性向けにほっそりとした形状にアレンジされたコサック・ブーツというでたちだった。その上に、腰の上で断ち切られたようなデザインのネイラム・オフィサー・ケープをはおり、頭には飾り気のないチロリアン・ハットをあみだに被っている。耳朶《みみたぶ》が凍傷を負う危険については無視しているようだった。

セアラの様子はとぼとぼと歩く南郷と対照的だった。踊っているような軽さがある。連れだって歩く冴えない服装の醜男《ぶおとこ》、その周囲を人工衛星のように巡っていた。美しく整った顔立ちは上気し、口元には楽しげな微笑。まったくもってトランスセックスな服装でありながら、彼女は、見る者に女性的な優美さを強く感じさせていた。おそらくはその屈託なげな表情ゆえに。異星人の軍服を参考にデザインされたケープのヴィヴィッド・レッドもそれに力を貸している。セアラの姿は、この寒く暗い惑星から浮き上がっているようだ。

たいしたものだと南郷はおもった。野暮ったいことこのうえない服装であるかれの相貌《そうぼう》にはかすかに哀れみめいたものがにじんでいる。セアラの純真な少女を想わせるような態度が、けして見かけどおりのものでないことを知っているからだった。

セアラはその脳髄《のうずい》に刷りこまれた任務を果たしている。あらゆる脅威から南郷を護衛していた。

帽子をあみだにしている理由は視線の方向を悟られないため。耳を剝きだしにしているのは、周囲の不審な音を聞き逃さぬためだった。コートではなくケープを着て、パンツをはいている理由はいざという場合に素早い反応を示すためだ。ケープとジャッケットに隠された体側にはホルスターがあり、そこには軽量化された多弾種型軍用拳銃がおさめられている。野戦救急パックも隠し持っている。ジャケットがアンバランスさを感じさせるほどにゆったりとしたデザインなのは、それらを目だたせないためだった。ネイラム・オフィサー・ケープを着用している理由も同じだ。硬く厚い生地でつくられ、風が吹いてもほとんどほどの刺繡《ししゅう》がほどこされているネイラム・スタイルのケープは、まくれあがらず、武器を隠し持っていることを気取られずに済む。彼女はその下にアサルトカービンやグレネードなども携帯しているはずだった。

あまりにも他愛のないものにみえる軽々しい動作にも理由がある。南郷の周囲を巡っている理由は、疑いを抱かれずに全周監視をおこなうためのものだった。ときたま南郷にむけてほほえんでみせるのは安全が確保されていることの合図だ。まさにＪＰの本領発揮だった。口元の微笑は、自分が、脳に刷りこまれた役割を全《まっと》うしているという満足感からくる歓喜の表出でもあるのかもしれない。セアラ・リー・ハーヴスト中尉はまさに完璧な護衛官だった。

セアラは南郷の前にまわった。前方にある薄汚れた四階建てのビルに視線をむける。数秒の間を置いて自身の護衛対象に視線をあわせた。微笑する。

南郷は頷《うなず》いた。目的地周辺の安全はおおむね確保されているということだ。目の前には地球連邦宇宙軍が自治星系ノヴァヤ・ロージナに有する中心施設が存在していた。地球連邦宇宙軍ノヴァヤ・ロージナ星系連絡部。

そこはコロリョフスカの中心街からやや東に外れたオフィス街にある四階建ての建物だった。植民初期、簡易工法でつくられた外見は正直なところみすぼらしい。周囲は中小企業をそのテナントとする背の低いオフィス・ビルがほとんどで、南側には公園が——リェータの環境改造が完了した暁には公園として機能するはずの平地が——あった。つまるところ、なんとも殺風景な場所にあるみてくれの悪い建物そのものだ。南郷とセアラはその東側から表通りにそって近づいている。かれらがここにやってくるのは初めてだった。

南郷は路上に視線を向けた。連絡部の正面には焦茶色の塗装が施された警察車が止まっていた。それ自体はどうということはない。通常の警備措置がとられているということだった。入り口にはこの星系からなんとかして逃げだそうとしている人々の行列、入隊希望者の群れがあった。衛兵と警官の姿も見える。それを街路の反対側から眺めている人々もいる。数百メートルの距離を置いて、地上走行式のバンが数台、停車していた（個人がエア・クッション車で市内に乗り入れることは禁じられていた。雪煙で何も見えなくなってしまう）。

舞台も観客もわれらの登場を待ちかねているわけだと南郷はおもった。鼻水を拭《ぬぐ》いでもするように、手袋をはめた手を口元にあてる。頭をわずかに振った。耳にはめこまれている軍用マイクロ・コミュニケーターが作動した。口元を隠したのは唇の動きを読まれぬためだ。

「入るぞ」南郷は押し殺した声でいった。

「了解」ウィルバ一等兵曹のバリトンが答えた。かれは周囲のどこかで、部下と共に配置についているはずだった。

「四組を確認」ウィルバはつたえた。「うまいのは二組ですね」

「了解」南郷はコミュニケーターを切った。鼻の下を親指の先でこする。口元にゆがんだ微笑があらわれ、すぐに消えた。

連絡部を監視している四つのグループ。どこの連中だろう。一つはノヴァヤ・ロージナ星系政府。おそらく警察の特別公安部《SHSA》というところ。あとの三つは？　シルキィのCSS──中央特務部《ツァンクイン・テシュブ》とN・3の特別高等公安庁、それに？　ファン・カルロス・スターのイェファトーラ・デ・エスピオナーィエ・ポリティカ──政治情報本部《JEP》。あるいはノイエス・

ドイッチェラントの星系政府高等情報局《HGSR》か？　尾行というか監視というか、ともかくそうしたものが一番うまいのはＣＳＳか。

　南郷はふたたび微笑をうかべた。連邦情報庁《FIA》、あるいは、星防省情報局や連邦宇宙軍軍令部二課の可能性もあると考えたからだった。ちなみに、連邦宇宙軍軍令部二課とは、南郷自身をこの星系に送りこんだ軍情報部門だ。南郷は、大戦の経験から、かれらの能力には一定の信頼を抱いている。しかし、道徳観については正反対の意見を持っていた。かれは、自分が懐疑主義者であることに気づくたびに満足感を覚える男だった。

　とはいえ、そんなかれでさえ、ＳＴＡＲＳが——あの悪名高き内閣官房直属機関、特別戦術局調査部が監視をおこなっているとはおもっていない。ＳＴＡＲＳのＲはRESEARCHではなくRETALIATIONの頭文字だといわれているからだった。ノヴァヤ・ロージナの現状は、すくなくとも、地球連邦に報復《リターリエーション》を決意させるほどのものではない。

　まあいいさ、とおもった。自分がこうした活動について心得ているのは航行中の睡眠——事実上の洗脳学習で得たものだけだ。おかげで仮想空間でありとあらゆる諜報活動には慣れてしまったが、普段からそれをやっている連中にかなうはずもない。つまり自分の任務や存在は暴露されることが織り込み済みのはずだ。なのに諜報活動の手順を守っているのは、自分が囮《おとり》であることへ気づかずに素人臭い活動をしている連邦宇宙軍軍人、という作戦上のカヴァー・ストーリー（きっとそのはずだ）を守るため。

セアラの魅力的な後ろ姿へ隠れるようにして南郷は街路を進んだ。星系連絡部へ近づくにつれ、自分たちへ周囲の視線が集まるのを感じる。当然だよなとおもった。東洋系・ヨーロッパ系女性の外見的魅力のすべてを融合させてつくりあげられた女（セアラの場合はまさに言葉通りの意味になるが）と一緒の、冴えない日系人。すくなくともリエータでは、海水浴客と同じ程度には珍しい存在のはずだ。

しかしその注目は南郷の気分を明るいものにもしている。セアラを同行させたことが、思惑どおりの効果をあげたことばかりがその理由ではない。南郷は自分が男としてのくだらなさを備えている事実を否定するような人間ではないからだった。

セアラが星系連絡部入り口の階段をのぼっていく。衛兵に話しかけ、何か小さなカードを見せる。衛兵は敬礼した。

かれらは星系連絡部へ入った。複数の陣営がその周囲に展開させていた警戒装置や監視要員がその姿を捉え、光電算機と指揮官たちへ警報を発した。

連絡部の中は混みあっていた。軍施設というよりは治安の悪い都市（コロリョフスカはまさしくそうだが）の警察署に似ていた。待合室、受付のすべてが連邦宇宙軍へ逃げこもうとしている人々で埋まっている。怒鳴りあいに近い声も響いていた。列を乱した、なんで入れてくれないのだ、あれや、これや。

南郷とセアラは内勤下士官の案内で四階にあがった。来意はすでにセアラが伝えている。階段のすぐそばにある応接室で五分ほど待たされた。扉は開かれたままだった。

「南郷少佐は君か？」

応接室に入ってきた士官が訊ねた。コーカソイドの少佐だった。体つきはひきしまっているが、どう見ても五〇歳以下ではなかった。濃紺の第一種軍装を着用している。

南郷は立ちあがりさっといった。「第三三五二情報収集旅団第三分遣隊です。といっても旅団本隊がどこにいるかは永遠の謎なんですが」

士官は頷いた。口元に皮肉っぽい微笑を浮かべ、応じた。「おそらく、わたしの方が先任だとおもうよ」

同じ階級の場合、先にその階級へ任じられた者が上位に立つ。これは、はるか古代ローマの昔から変わらぬ軍の伝統だ。よって南郷は素早く無帽の敬礼をした。すでにコートは脱いでいる。かれの姿は、毛沢東が自身の語録を掲げた若者たちに知識階層を弾圧させていた頃の北京でもそのまま通じそうだった。

南郷の服装を確認した少佐は目尻に笑みをうかべ、答礼した。自己紹介する。「わたしはウェストレイク。ここの副官に任じられている。ノヴァヤ・ロージナ星系連絡部の部長――ちなみに、本人は司令官と呼ばれたがるがね――はドゥパイユ大佐だ。もっとも、そんなことは先刻御承知だろう」

「貴官が自分のことを調べられたように、ウェストレイク少佐」南郷は答えた。

　ウェストレイクは肩をすくめてみせた。

　南郷は好意とともに頷いた。ウェストレイクにはまったく無理を感じさせずに練兵場へ低音を響かせることのできそうな雰囲気があるからだった。それは副官の少佐というより、連隊長に任じられた大佐、あるいは教練下士官《ドリル・インストラクター》や小隊軍曹にこそふさわしいものだ。つまりは軍人だということになる。

「ヘンリィでいい」ウェストレイクは顔面の皺《しわ》をふかめた。「君のことはなんと呼べばよい？　カズとでも？」

「それだけはやめてください。莫迦《ばか》と呼ばれるほうがまだましです」南郷は答えた。「いくらかでも親しみをもっていただけるのならば、階級抜きでファミリー・ネームを」

「了解、ナンゴー。ドゥパイユ大佐の前では常に階級だけだ」

「わかりました」南郷は答えた。

「そちらの美しい女性は？」ウェストレイクは古典的な礼節を守りつつ訊ねた。

南郷はセアラに視線を向け、命じた。「星系連絡部副官に官姓名の申告を、中尉」

「ハーヴスト中尉。セアラ・リー・ハーヴスト中尉です」セアラは答えた。

「よろしく、セアラ」ウェストレイクは微笑していった。「貴官の任務は？」

「自分は護衛担当官であります、南郷少佐の」背筋を伸ばした姿勢をとったセアラが答えた。

「そいつはうらやましい。無論、南郷少佐が、だ」ウェストレイクはいった。「よろしい！　中尉、君はここで待機だ」

セアラは南郷に視線を向けた。南郷は舌先で上唇を湿らせただけだった。セアラはさっと踵《かかと》を合わせる。

「なるほど」ウェストレイクはいった。「まさに古き軍隊の美風、その体現だな」

「大昔の軍隊に女性はおりませんでした」セアラはこたえた。「大量に参加するようになったのは二〇世紀中葉からで、男性将兵と同様の立場になったのは事実上、二一世紀になってからです」

「女はいつも戦争の被害者、そんな言葉が正義とみなされた時代もあったさ、確かに」ウェストレイクはくつくつと肩をふるわせた。「そして戦闘任務にも女性を平気で投じたおそるべき時代もあった」

「いまは、違います」セアラはこたえた。「人類生残の確率を高めるため、女を前線戦闘任務へ投じるのは――」

「そう、我々は先祖返りを起こした。対異星人戦争による損害の大きさにおびえて」ウェストレイクは肩をすくめんばかりだった。「つまり君がこの場にいるという事実は、リェータが戦闘地帯ではないということを意味するはずなのだ」

「貴官の本星系到着は一週間ほど前だったはずだが」執務室へ出頭した南郷にドゥパイユ大佐はいった。「着任の申告が今日まで遅れた理由は？」

「業務上《フォウ・ビジネス》の問題です」南郷は答えた。ドゥパイユが許可をださぬため、直立不動の姿勢でデスクの前に立っている。

「業務《ビジネス》？」ドゥパイユは片眉をつりあげてたずねた。「便利な表現だな？　作戦行動という言葉を用いたがらぬ連中がでっちあげた呼び方だ」

「かもしれません」

「貴官の任務、わたしには知らされていない何かにかかわることなのか？」

「かもしれません」

「貴官はわたしに何も報告するつもりはないのか？」

「自分はその点について明言する自由を与えられておりません、大佐」

ルイ・エミール・ドゥパイユ大佐はたちあがった。大柄とはとてもいえない南郷よりさらに短軀《たんく》だ。かれは人類領域における少数民族の出身者で、遺伝子保護法の強制指定を受けていた。故郷である欧州半島は、〈接触戦争〉以後、どんな人間にとっても住み良い土地であったためしがないからだった。もっとも、そのこととかれの身長はあまり関係がない。かれの属する少数民族は、カエサルの軍団《レギオン》が攻めこんだ時代から、背の低い者が多いことで知られていた。

「つまり」ドゥパイユは剣呑《けんのん》な調子でたずねた。「星系連絡部の協力は無用だと貴官はいいたいわけだな？」

「そうではありません」南郷は微笑を浮かべたまま答えた。「可能なかぎり御迷惑をかけぬよう努力いたします、と申しているつもりであります、大佐」

「わかった、少佐」ドゥパイユは蝿《はえ》を払うかのような仕草で出口をしめした。「貴官の任務無事達成を祈る」

「ありがとうございます」南郷はたちあがった。「平服ですので、敬礼は略させていただきます」

「好きにするがいい」

南郷は軽く頭をさげ、退出した。かれは、部屋をでる直前、ウェストレイク少佐へ丁寧な会釈をおこなった。

「まったく」ドゥパイユは罵りの言葉を口にした。「なんたる態度！　なんたる傲慢《ごうまん》さ！　連邦宇宙軍はいつからあのような人間を士官として遇するようになったのだ？」

ヘンリィ・ウェストレイク少佐はあいまいな表情を浮かべた。

かれは一兵卒から叩きあげた六〇代末の男で、半世紀の長きにおよんだ軍歴、その最後の数年を安楽にすごすためにノヴァヤ・ロージナでの勤務を望んだ。退役後は平均余命として期待できる残りの五〇年を故郷のワシントンⅡで妻と一緒にすごそうと心に決めていた。むろんドゥパイユが最悪の上官、その一人であるのは疑いもない。よくも大佐になれたもの、とウェストレイクもおもっている。しかし――そうであるがゆえにウェストレイクに残された数年の軍役を耐えられぬものへと変える力がドゥパイユにはあった。となれば、いまさら軍人としての正しさを追い求めるつもりもないウェストレイクのすべきことは決まっている。自分の積極性、かつて戦場でもっとも必要とされたものを封印してしまえばいい。これはこれで辛いことだったが妻のことをおもえば我慢できなくはない。

「たしかに南郷少佐の態度は不躾《ぶしつけ》なものでした」ウェストレイクは控えめな表現で上官に同意してみせた。

「不躾？」ドゥパイユはまなじりをつりあげた。「ずいぶんと好意的だな、少佐？　あれは不服従と称すべきものだ。わたしはあの少佐の経歴について調査した――」

ウェストレイクは首肯《しゅこう》した。その資料を集めたのは自分であることについてはなにもいわない。

「滅茶苦茶《めちゃくちゃ》だぞ、あの男の考課表は」ドゥパイユは吐き捨てるようにいった。「艦隊でも陸戦隊でも――連邦宇宙軍のありとあらゆる場所で面倒ばかりおこしている」

「そういえます」ウェストレイクは答えた。軍用ネット《ハイ・ライン》経由であつめた南郷の経歴にはむろんかれも目を通している。たしかに滅茶苦茶なものではあったが、かれの結論はドゥパイユと異なっていた。

南郷の失点は人間的側面、とくに上官にたいしてのそれに集中している。これにたいして、士官としての能力評価はなかなかのものだといっていい。はるかなむかし、第一次オリオン大戦が勃発《ぼっぱつ》した時分に南郷が士官であったならば、当時のウェストレイク曹長はよろこんでその指揮に従っただろう、とすら感じた。

「ともかくだ」ドゥパイユはいった。「今後、あの日系人は一切無視しろ。奴の部隊もだ」

「大佐」ウェストレイクは注意をうながした。「星防省と軍令部から、最大限協力せよという通達がきておりましたが」

「知ったことか」ドゥパイユは答えた。「奴がわたしの星系連絡部をないがしろにするということは、こちらの協力を必要としない、そういうことだろう。そのはずだ。いいな、全員に達しろ。今後、南郷少佐指揮下部隊への協力の要なし。退室してよろしい」

ウェストレイクは従った。内心で断定している。

あの日系人にないがしろにされたのは星系連絡部ではなかろうに。

6

その部屋へ最初にやってきたのは、日除《ひよ》け縞柄《しまがら》のよれたブレザーに、皺の寄った前世紀風のガウチョ・シャツを着た男だった。湯浅一益。丸々と太った五〇代の小柄な日系男性で、顔のつくりは大雑把《おおざっぱ》。服装とは対照的に、細い口ひげはよく手入れされていた。大きな目と黒い瞳が印象的な、脂《あぶら》っぽさと人懐こさを感じさせる見かけの持ち主だった。

二番手として入室したのはホセ・マイオラノスだった。名前からもわかるとおりのラテン系男性で、外見は湯浅と正反対だった。アンバサダー・モデルのスーツには皺ひとつない。背は高く、肉付きは薄い。三〇代末にはとても見えないほど老けた印象の顔は、とらえどころのない表情を浮かべている。ただし切り立った崖のように発達した高い額はひどく印象的で、見かけどおりの人物ではなかろうという感想も抱かせる。

三人目と四人目は同時に入室した。男性と女性だ。

派手なタータン・ブレザーを着たマルティン・ラウタイネンは北欧系中年男性ならばかくありたいと望むような外見の持ち主だった。肉体の大部分は四八歳という肉体年齢より一五年は若い。加えて、かつては美少年、美青年として周囲の賞賛を集めた面《おも》立ちにはいまや適度な渋みまでが添加されている。

ラウタイネンにエスコートされるようにして入室した女性は魅力的、というよりない。ダーク・カラーのウール・ギャバジンをもちいた古典的スタイルのマニッシュなスーツがよく似合っている。年齢はせいぜい三〇代のはじめにしか見えない。他の肉体的特徴は――ともかく、ありとあらゆる年代の男ども、そのさまざまな願望の具象化だった。幼児であれば母親として、老人であれば孫娘として、その間におさまるすべての年齢の場合、まったく男性的な欲望の対象として考えたがるような女性だ。彼女、アリッサ・コシナは、静脈が透けるほどに白い肌、緑にきらめく長い黒髪――などというパーツをとりあげて魅力を表現することが虚《むな》しくなるほどの美女なのだった。

湯浅が白い壁に囲まれ、実用本位の会議卓と椅子《いす》が置かれているだけの部屋を見回した。むろんただ眺めているわけではない。身体のあちこちに貼り付けたセンサーのもたらした情報を〝感じて〟いる。やがてかれはいった。

「いいんじゃないかな」

微笑をうかべたラウタイネンが扉のロックを確認すると、嫌味臭さまで感じさせる紳士的態度でコシナのために椅子を引く。やわらかにほほえんだコシナはゆったりしたデザインのジャケットとスカートに優美な皺と曲線を描かせつつ着席した。計算されたルーズさで締められているネクタイは、フェデレーション・タイと通称される、連邦大学優等卒業者にのみ与えられるものだった。

　かれらが参集した部屋は太陽系・木星軌道を周回する地球連邦首都に設けられた建物の地下部分にあった。そこには連邦情報庁《FIA》とよばれる組織がおさまっている。それは人類領域における最大の情報機関として知られており、特別戦術局調査部《STARS》ほどではないにしろ、人々から愛されている存在とはいいがたい。つまりここは連邦情報機関、その奥の院といってよかった。

　そのような場所で開かれた集まりだというのにかれらが人目をはばかる風であったのは、これが非公式なものだからだ。それどころか厳密にいえば違法であるかもしれない。むろん会合の参加者たちもそのことを熟知している。情報機関の活動はよくいって灰色の濃淡に違いがあるだけなのは今も昔も変わらない。

　むろんのことかれらがそこに参集したことは記録には残らないよう配慮されている。語られる内容についても参加者の記憶にのみとどめられるだけで、手書きのメモすら許されない。この部屋に参集した四人の男女――二三世紀末の諜報《ちょうほう》工作官たちは、あまりにも多くの秘密会合の内容がちょっとしたメモゆえに外部へ露見した無数の史実を忘れてはいなかった。そのいくつかには自分自身が関わっていたとあってはなおさらだ。

　ラウタイネンが着席し、上座のコシナへうなずいた。

「どうぞ、男爵夫人《バロネッサ》」

コシナは微笑した。バロネッサという称号は、イタリア統一《リソルジメント》で活躍した先祖がサヴォイア家のヴィットリオ・エマヌエレ二世から男爵位を与えられて以来引き継がれているものだ。もちろん現在では歴史的な意味しかない。北イタリアにコシナ家の資産が残されているわけでもなかった。

しかし、バロネッサ・アリッサ・コシナは、そう呼ばれて――敬意を払われてしかるべき人物だ。二三歳の春に始まった彼女の諜報工作官としての経歴は無数の栄光と苦闘に満ちており、ことに後者へ直面したときの振る舞いから同業者たちからの尊敬を勝ち得ている。

「われわれには懸案があります」コシナは口を開いた。外見を裏切らぬ、あまやかな声だった。「今日は、その点について非公式な部内統一見解をさだめておきたいの」

全員が頷いた。それは各人が事前に承知していたことではある。が、連邦情報庁作戦担当副長官バロネッサ・アリッサ・コシナはどこまでも慎重な人物なのだった。

「バロネッサ、より直接的に表現するならば？　そいつは閣議に影響を与えうるような統一見解ですかね？」湯浅が訊ねた。かれは連邦情報庁諜報第一局境界工作《ボーダー・ミッション》部長、通称〝宴会部長〟だ。たしかにかれの担当する欺瞞《ぎまん》工作はある種のパーティといえなくもない。

「その三段階ほど前というべきね、あなた《チャオ・ベッロ》。とりあえずは、来週予定されている〝ゲーム〟にどんな情報をすべりこませるべきか、かしら」コシナは答えた。口元には意地悪気な、それゆえに魅力的な微笑がある。彼女は、湯浅とマイオラノスが、かれらの民族的イメージとは正反対の身なりを好む点をいつも面白がっていた。湯浅についてはそのほかにも好意的な印象をもつべき理由がある。

「事態はそこまで悪化していると？」ラウタイネンが訊ねた。鼻筋を撫でている。

「そう考えている人はいるわね」コシナは答えた。「それなりの責任ある地位にある人よ、もちろん」

「たしかに」上体を椅子の背もたれにあずけたFIA植民星局次長――マイオラノスがうなずき、片手を泳がせるように動かしつつ続けた。「いつまでもネイラムの奇襲攻撃を想定した〝ゲーム〟ばかりしているわけにもいかんでしょうな。われわれ、ネイラム第一氏族ともに、全面戦争ができるような状態じゃない。そうだろう？」

最後の部分は湯浅に向けたものだった。

「あんたのところの局長はまた別の考え方があるようですがね、ホセ」湯浅は答えた。

「王擁栄氏は理想主義者だ」マイオラノスはいった。「無能でも、悪人でもないが、可能性を追求することも好まないよ」

「磨きのかかった罵倒表現を耳にするのはいつも楽しいものね」コシナはくすりとし、マイオラノスに訊ねた。「つまり、重視すべきはやはり南方星域群だと？」

「まず間違いなく」マイオラノスは答えた。「東方、西方星域群はしばらくのあいだ大丈夫でしょう。外套の内側に短剣を隠しているのは確かですが、連邦の支援なしでは自立できない星系が多いという現実に変わりはない」

「北方星域群は？」ラウタイネンが訊ねた。

「注目すべき価値はある」マイオラノスはいった。「とはいえあそこは軍がうるさい」

ラウタイネンの率いる連邦情報庁防諜本部第二局がアウラ、レシト、ハンゼ、バーナードといった北方星域群星系での活動を重視していることは、部内で周知の事実だった。といってもマイオラノスがそれを批判しているわけではない。なにしろネイラムと直接向き合っている場所についての話だ。

それに、肯定や断定をあからさまにするような態度は官僚的遊泳術、その原則に反してもいる。

とはいえ、重点地域の過度な限定は部内に問題をひきおこす。予算、人員、諜報資源《アセット》、いずれにも限界はあるからだ。植民星局と防諜本部は活動対象が重複することが多いからなおさら気をつけねばならない。

「活動のバランスは考慮すべきですねえ」湯浅が口をはさんだ。「たしかに、アウラはつねに監視しなければならないが。しかし、あの星系は面倒の種が多すぎる。宇宙軍がすべてを仕切りたがっているからなおさらだ。それに合わせていると、こちらもやりすぎることになりかねない」

「まぁ、この一世紀のあいだ、われわれにとってのエルサレムみたいなものだったからな、あの星系は」ラウタイネンがいった。

「現実は大違いだった。連邦宇宙軍の報告書を読んだかね？　たしかにあそこは資源の豊かな、多数のハイゲートを有する星系だが」マイオラノスが皮肉な笑みをうかべつつ唇をねじまげた。

「それゆえ、支配と維持にはとてつもない資本の投下と軍事力の展開が必要とされる」ラウタイネンはいった。「連邦の現状からいえば、そのような負担は悪夢だ。乳と蜜を得るだけではとてものことではないが、割にあわない」

「つまり、アウラ領有という幻想は洒落《しゃれ》にもならない」湯浅がいった。「まさに信心深い老婆の幻想というところで」

「なにか出典のありそうな表現だな」ラウタイネンが苦笑した。「ボルヘスあたりかい？」

「ま、大雑把にいえば同時代人ではありますな」湯浅はおどけた笑みを浮かべた。「フエンテス。アウラという題名の小説をかいている。ＶＮＬの多民族文化学習課程で脳に刷りこまれたきり、読んじゃいませんがね」

「そうなのか？」ラウタイネンはマイオラノスに訊ねた。

「かれがいうのなら、まさしくそうだろう」マイオラノスはいった。「かれはわたしの百倍もラテン系文化に詳しい。もっとも、わたしはかれの百倍、日本文学に詳しいがね。西《さい》鶴《かく》について俗物的な会話を交わしたい時は任せてくれ」

「人はばけもの、世にない者はなし」湯浅がいった。「ま、そんなところですな」

「〝西鶴諸国ばなし〟」コシナが口を挟んだ。全員を優しく叱責する。「ところで、幻想としてのアウラはどうなったのかしらね?」

「ああ、すいません、バロネッサ」ラウタイネンが謝った。「たしかそれを根拠に人類―ネイラム同根論をとなえた奴がいたんです。すくなくともラテン系人類はネイラムと同根だとかなんとか。アウラという言葉はラテン語で光輝を意味します。もちろんネイラム標準語では全然別の意味になりますが」

「どんな意味なの?」コシナがいった。

「品の良いものではありません」ラウタイネンはいった。「あなたの前でそれを口にするのは、どうも」

コシナは苦笑した。もちろん彼女は知っていて訊ねている。アウラのネイラム標準語における意味は、融合英語の〝雌犬〟に等しかった。

「〝優れた宇宙人〟論と似たようなもんです」湯浅は答えた。「たまたま、われわれと連中の発音方法が似ていたゆえの一致にすぎない。あたしにいわせりゃ、そんなとこですよ」

「最近では、〈ヲルラ〉もラテン系人類と同根という主張さえある」ラウタイネンがいった。

「ま、たとえVNL利用者であっても、ギー・ド・モーパッサンを読む奴は少数派でしょうな。望んで内心の不安感をかきたたせたがるのはよほどの物好きか暇人だけだ」湯浅はいった。「〈ヲルラ〉という呼び名がかれの作品から採られたことを知っているのは、せいぜい、あたしらの世代までです。語源となるとさらにあやしい。その後は、戦争の影響で教育カリキュラムが変更されちまったんだから」

「立てよ人類、いざや進まん銀河の深奥《しんおう》」ラウタイネンが戦時中の宣伝歌、その一節を口にした。本音は鼻にかかった発音にあらわれている。「戦時教育とはいえ、あれはひどかったな。そのおかげで、俺の息子は立派な連邦宇宙軍予備士官になりおおせ、いまじゃあ再就職に苦労している。まったく。銀河の深奥へ進んで〝優れた宇宙人〟にでも出くわしたらどうするつもりだったんだ」

「ほんとうに〝優れた宇宙人〟がいてくれたならば楽なのだがね」マイオラノスがいった。「もしそうであれば、面倒はすべてそいつらに引き受けてもらえばいい。すくなくとも、気分はずいぶんと楽になる。Cにすべてを押しつけたがる一部連邦市民の精神生活のように」

「Cか」ラウタイネンが顎《あご》をもんだ。「そいつも問題だ」

「というより、当面はそちらが一番の懸案になるでしょう。平たくいっちまえば、C問題の放置は連邦の存立にかかわるんですから。恒星間規模の被差別民族。たいしたゲームでしょうよ。ネイラムに両手をあげた方がまだましだ。連中、すくなくともそういった問題の解決法は心得ている」湯浅がいった。コシナに顔を向けてかれは続けた。「バロネッサ、いっそのこと、〝優れた宇宙人〟が見つかったことにしちゃいましょうか？」

「残念ながらそんな連中たちは見つかってないわね、いまのところ」微苦笑を浮かべたコシナがやさしくいった。「それで？　わたしの愛する紳士方の本題に関する意見はどうかしら？　南方星域群重視についてのよ、もちろん」

「先端部についてならば、賛成ですな、あたしは」湯浅が答えた。「連邦宇宙軍も勝手に動きはじめてるようですし。あたしのところの若いもんが報告してきました。ここ二週間ほどのあいだに、幾つかの星系で、現地に派遣された情報収集部隊の指揮官が、なんともしらじらしい〝顔見せ〟をおこなったそうです。おおっぴらに星系連絡部へ出頭するような。おそらく、いまだに抑止効果の方を重視しているんでしょう」

「ノヴァヤ・ロージナは？」コシナは訊ねた。

「まだ報告ははいってませんが、例外として考える理由はありませんな」

「かれらも仕事をしているわけね」コシナは複雑な微笑をうかべた。マイオラノスとラウタイネンにいう。「ごめんなさい、どうぞ」

「バロネッサ、あなたが南方星域群東部での活動を援助してくれるならば」マイオラノスがいった。生真面目な表情で続ける。「わたしは、あそこにも問題があると考えています。

特に、リベリオンは危険な存在になりかねない。あの星系の連中はなんとかして連邦と手を切りたがっているとしかおもえない」

「賛成です。北方星域群における活動、そこに投入すべき人的・物的資源が極端に減らされないかぎりは」ラウタイネンがうなずいた。「わたしは必ずしも北方星域群を重視してはいません。が、部内の賛同を得るために、ある程度の飴玉《あめだま》は必要なので」

コシナがたずねた。「つまりあたくしたちは、南方星域群重視方針について暫定的《ざんていてき》な合意に到達したわけね？」

「ええ。きわめて官僚的な、玉虫色の合意にね」湯浅は首肯した。鼻の脇に小皺をつくったコシナは、かつて自分の命を救ったＮ‐１出身の日系人を柔らかく睨《にら》んだ。

7

会場は人いきれで蒸れている。そこに集まった人数は六〇〇〇人近かった。入口を閉めなければ一二〇〇〇人、いや二四〇〇〇人か三六〇〇〇人になっていたのかもしれない。

主催者側の見通しが甘かった。資金の限界ゆえか、かれらはせいぜい二〇〇〇人の収容人数しかない古びたホールでその集会を開いたからだ。頭数をそろえるための材料であった無料配食も二〇〇人分しか用意していない。

会場はコロリョフスカの南市街にある、コステンコ街のはずれにあった。市を南北に縦貫するバルクライ通りから三〇〇メートルほど東に入ったところにある建物で、けして交通の便が良い場所ではなかった（むろん予算が限られていたからだ）。であるからこそ、無料配食という背伸びをした〝おまけ〟をかれらはつけた。それでもなお、主催者である市民団体は、せいぜい一〇〇人が良いところだろうと予想していた。無料配食が現在のリエータにおいてとてつもなく魅力的な〝おまけ〟である事実を軽く考えすぎていたのは、かれらがまがりなりにも食べることのできる階層に属していたからだ。

フョードロフとミシチェンコが会場でありついたものが人造ラードを薄く塗った黒パンが一切れと、小さなカップに半分ほどのウォトカだけだった。なんとも期待はずれではあったが、それだけでも満足せねばならないのもわかっている。定数の三倍もの男女が詰めこまれた会場には、一杯のウォトカにすらありつけなかった者が大勢いた。

フョードロフはウォトカを手に入れたほかの者たちと同様に、コップの中身を一気に胃袋へ流しこみ、そのあとでパンを一口で食べた。一方、ミシチェンコはウォトカをちびちびと口に運んだ。ずいぶんと変わっているなとフョードロフはおもった。ウォトカは流しこむものであり、飲むものではない。すくなくとも、スラヴ系男性にとってはそういう酒のはずだ。

かれはその点についてミシチェンコに訊ねようとして——おもいとどまった。この男とはつい数時間前に出会ったばかりなのだ。あれこれと話をしたが、実際のところ、どんな人間であるかは知らないも同然だった。それに、ミシチェンコは視線を演壇に据えていた。そこでは、この集会をひらいた団体の幹部が、正しくはおもえるが独創性は感じられない内容を述べたてている。

「……なのだ、スラヴ系同胞諸君。われわれは現状を打破するため、人類領域におけるノヴァヤ・ロージナの地位を向上させねばならない。けして漸進的《ぜんしんてき》にではなく、いま、この瞬間よりかつての一〇年原則のように容赦《ようしゃ》の無い行動を——」

壇上の幹部は言葉を切った。フョードロフにとってまったく意外なことに、場内のあちこちで拍手がおこった。

「拍手するような内容かな」フョードロフは呟いた。

「連中にとってはね」ミシチェンコが演壇をみつめたままいった。「サクラ《シル》だよ、もちろん」

「ノヴァヤ・ロージナ自由市民同盟」フョードロフは団体の名前を口にした。「なんとも御気楽な名前だよ」

「そうだね」ミシチェンコが答えた。「まだ、一〇月の子供たち、とでもした方がいいかもしれない。しかし一〇年原則とはまた妙なものにたとえたもんだ。即座に行動するのかじっくりやるつもりなのか、わかりゃしない」

それは地球連邦の植民原則だった。

連邦のさまざまな恒星への進出は、〈接触戦争〉の勝利がもたらした――というのは嘘《うそ》ではない。しかしすべてを語っているわけでもなかった。

人類が太陽系という牢獄から脱出できたのは、むろんハイゲートが存在したからだ。しかしそれだけでは一〇〇年経っても観測と科学研究が主で、小規模な基地、それもほとんど自動化されたものが展開されていたにすぎなかっただろう。海洋と宇宙を同様のものとして受け取るのは想像力の欠如とばかりはいえないものの、ひとつ、絶対的といっていい違いがあるからだ。

経済的な必要性だけからいえば太陽系を出て行く理由などない。人類の総人口が千億になろうが兆に達しようが、太陽系内の資源だけでどうにでもなってしまう。これぱかりは誰にも否定できない。仮に太陽系のハイゲートが存在しなければ、人類はその内側だけで繁栄をきわめ、絶滅していっただろう。

〈ヲルラ〉との戦争がそれを変えた。

かれらもむろん自分たちの母星系にハイゲートが存在した高等知性体で、だからこそ、そこを抜けて他の星系へと進出している。ただ、ささやかながらもいくつもの星系を領有する星間国家を建設することになった理由は、地球人たちと大違いだった。

　幹部は叫んだ。

「我々はテラフォーミングのさらなる加速を連邦へ要求してきた！　これは、異常な環境論者である〈ヲルラ〉との戦いをその契機として銀河系宇宙へと進出した人類にとって、絶対的な正義であるからだ！」

　今度はフョードロフも控えめに拍手した。嘘ではないからだ。

〈ヲルラ〉は生命をいじり回すことに長《た》けている。ただしその理由は人類とは違い、自分たちが自然環境へ負担をかけない存在になるためだった。

「俺たちの生まれるはるか前の話だというのにいまだに信じられない」フョードロフは小声でささやいた。「あんなばかな理由で他の星系へ侵攻するなんて」

「たしかにな」ミシチェンコはふきだしかけ、あわてて口元を抑えた。「環境保護を理由に宇宙戦争をおっぱじめるなんて、銀河広しといえども連中だけだったんじゃないか」

〈ヲルラ〉の太陽系侵攻、〈接触戦争〉にはさまざまな意味で悪い冗談のような要素があるが、これはその最たるものだ。かれらは地球、そして太陽系の自然環境を守るために〝環境保護艦隊〟にハイゲートを越えさせた。奇妙である一面、礼儀正しくもある〈ヲルラ〉はしっかりと宣戦布告をおこなってきたから（人類のきまりごとを研究していたからだ）、それは地球側――というより当時の各国にも伝わっている。

〝人類がその故郷である地球をあまりにも粗末に扱っているように我々には感じられる。そしてその蛮行はいずれ太陽系全域、やがてはハイゲートで連結された他の恒星系にも及ぶであろう。我々はそれを看過できない〟

そして、人類が呆然としているうちに〈オルラ〉の奇怪とも珍妙とも悪趣味ともいえる降下兵団の地球侵攻が開始された。とはいってもその姿が形態クローン技術でつくりあげられた昔の俳優やドタ靴を履いたネズミや異様な等身のサッカー少年だったことばかりがその理由ではない。〈ヲルラ〉が現れなくても地球はどたばたしていたからだ。ユーラシア大陸では共産主義という旧時代の疾病《しっぺい》を引きずったいくつかの大国が明確な崩壊過程に入っていた。中東やアフリカは相変わらず。呆れるばかりだったのは正義と人道を叫ぶのが大好きだったヨーロッパの惨状だ。批判すると冷酷非情な差別主義者扱いされてしまう〝正義〟をふりかざして『可哀想な人々』の流入を受け入れたあげく、社会が混乱に陥っていた。ドイツのように事実上の内戦状態へ突入していた国もあるほどだった。

〈ヲルラ〉降下部隊――〝駆除兵団〟はそんな地球へと降り立った。電波が主だったかれらの情報収集には理解に苦しむ勘違いが無数にあったが、環境保護という旗印が本物だということだけは即座にわかった。かれらは各国が保有していた戦略核、すなわち大陸間弾道弾や核弾頭型の極超音速兵器の基地をまず攻撃、無力化したからだ。むろん戦略原潜も叩かれた。〈ヲルラ〉には原潜がどれほど深く静かに潜航しようともその位置を即座に探知してしまう赤外線探査技術があった（地球側が推定していた重力変動探知ではなかった）。

ただし、人類という害虫を間引きして地球環境を守ろうとしているがゆえに、〈ヲルラ〉は自分たちの技術的――すなわち軍事的な優位を封印して戦うことになった。

地球を何百万キロも離れた場所から焼き払うことができただろう環境保護艦隊はその強大な兵装のほとんどを使用できなかった。そもそも形態クローンよりなる駆除兵団を地球上に降ろす手間をかけた理由もそれだ。戦術原則からいって戦いが長引き、損害も大きくなるとわかっているのに都市部への攻撃が主だった理由もその点にある。すなわちかれらは都市を害虫の巣穴とみなし、スズメバチや蟻《あり》の巣のようにたたきつぶそうとしたのだった。

でありながら、いやそうだからこそ、戦いは悪夢のような様相を呈した。地球各国軍は古《いにしえ》のスクリーンで活躍した美男美女、巨大な眼球を備えたただ尖《とが》っているだけで鼻孔を持たない鼻を持った美少女たちと凄惨な殺し合いを展開する。この段階での損害はユーラシア大陸、中東、アフリカなどのそれが大きかった。ユーラシアについては巨大な人口を抱えた国が複数あった影響、中東については防衛力の不足、アフリカについては膨大な数の人口移動が簡単に発生することが問題とされたからだ。なお〝難民〟はほとんど発生していない。〈ヲルラ〉にとっては駆除しやすい人類の一部でしかなかったからだった。

「我らが故郷《ロージナ》はあの段階でほぼ壊滅していた。まあほとんど中国とインドのあおりをくらったようなものだったけど」ミシチェンコはつぶやいた。

「日米英連合がほとんど損害を受けなかったのは、〈ヲルラ〉が中国、ロシア、インドにおける環境破壊がより深刻だと考えたからだというよ。だから〝駆除兵団〟はユーラシアに降りた。中東はすでに破壊された環境だと考えたからだというね。アフリカは――ともかく人類を減らそうとしてなんだろうけど」フョードロフはこたえた。別に歴史を学ぶ趣味があるわけでもないし専門教育も受けていないが、この程度の知識は基礎教育段階の教養プリンティングで誰もが知っている。

それはノヴァヤ・ロージナ自由市民同盟の幹部、そして聴衆たちも同じだ。だから前振りもなく話題が飛んでも、誰も混乱しなかった。

「しかしながら――ユーラシアの外を支配する者たちに備わっていた野蛮さは〈ヲルラ〉の想像を超えていた！

その気になってしまった日本人は正義の戦争に熱狂した！

イギリス人、その根性の悪さは異星人相手でも変わりはなかった！

アメリカ人は、かれらの国家をなりたたせているファンタジー、すなわち独立戦争の再来をおもわせる強大な敵の侵攻にふるいたち、自国領内で反応兵器を使用することすらためらわなかった！

戦争に大喜びする奴ら、楽しんでいるとしか思えない奴ら、勝つためなら自国内でも反応兵器を使用するような奴ら——その存在はヲルラを恐怖させた！」

実際はそれどころではない。

〈ヲルラ〉にとってそれは哲学的な衝撃だったといっていい。日本人、英国人、アメリカ人——そのいずれの振る舞いもかれらの常識をはるかにはみだしたものだったし、なによりそのかれらもまた地球という環境の産み出したものだという事実は〈ヲルラ〉に太陽系侵攻だけでなく、種族としての主題であった環境保護を目的とした星間帝国の建設、その意義を疑わせた。深刻な議論が交わされやがて結論がでた。太陽系には手をださない方がいい。むしろ、長年にわたって安全保障上の大問題となっている対ネイラム戦略においてかれらを活用すべきだ。ただしかれらが独力で星間勢力となるのを待つ余裕はない。ならば。

かくて、地球の軍事力など鼻であしらえたはずのヲルラ太陽系侵攻艦隊は日英米連合——いや、戦いのなかで成立した地球連邦に降伏した。降伏された方が驚いてしまうような勢いで交渉は進み、撤退用艦艇をのぞく航宙艦すべての引き渡し、科学技術資料ならびにヲルラ本土星系の詳細いがいの宇宙情報の提供、さらに驚くべき事には、ゲートスルー二回分までのヲルラ領域恒星系を割譲《かつじょう》——等々の結果をもたらした。

ヲルラ地上侵攻軍がほぼ撤退し、地球連邦が〝勝利〟にただ戸惑っていたそのとき、非連邦諸国軍よりなる〝国連軍〟が火蓋《ひぶた》を切る。〈ヲルラ〉の撤退によって返還された戦略核兵器を即座といっていい素早さで地球連邦諸国へ使用したのだった。地球連邦がヲルラの兵器をものにしてしまえば対抗しようがなくなり、永遠の属国扱いになってしまう。だからいまのうちに、というわけだった。

こうして〈接触戦争〉の後段、その最悪の日々がはじまる。まず東京が、ロンドンが、ワシントンやニューヨークがテロ的な反応兵器使用によって蒸発した。ヲルラとの戦いでそれなりに傷ついていた地球連邦参加各国はそれを察知しきれなかったし、過去、絶対的といっていいほどの抑止力として機能してきた戦略原潜は壊滅していた。

かくて地球連邦はいきなりは頭を切り落とされた、そのはずだった。

しかし国連軍側には大きな、致命的といってよい誤算が存在した。かれらは旧日米英連合諸国が異星人と絶滅を賭《と》して（ヲルラにはそこまでやるつもりはなかったことは関係無い）戦ったばかりであることの意味を理解していなかった。

地球連邦はすでに違う地平を見ていた。いまさら地球上での手垢《てあか》のついたゲームに延々とつきあうなど洒落にもならない。そしてかれらの手元にはヲルラから入手した惑星環境《テラフォーミング》変換器《ユニット》が存在し、仮に地球寒冷化を——核の冬を引き起こすほど反応兵器を撃ちまくってもどうにかなる、という目算が成り立った。

地球連邦は決断し、反撃した。

結果は人類史上最大の殺戮劇だった。国連と古き地球のしがらみは、とりあえず放射性の塵《ちり》へと変わった。ちなみに地球上で最初にテラフォーミング・ユニットが設置されたのは反応兵器の炸裂《さくれつ》した被爆地帯ではなく、日本の福島であったところが、地球連邦という組織の本質を教えていると説《と》く者もいる。

むろんその後はさらに露骨だ。地球連邦は旧日米英連合域内へまずテラフォーミング・ユニットを据えつけ、被爆と放射性降下物の影響をまずその本陣から排除できるようにした。そのあとで定置型よりも大幅に性能が落ちるものの、長期的には効果を見込める簡易テラフォーミング機能を持ったナノマシンを旧国連系国家群の残骸《ざんがい》へと散布した。むろん、地球連邦の強行というレベルを通り越した政策に抗議の声をあげた国はヲルラから奪った兵器で容赦なくたたきつぶしながら。かくて〈接触戦争〉は終結したのだった。

要するにかれらは、核攻撃で汚れた焦土《しょうど》と化した土地をテラフォーミングで沃野《よくや》へ強引に変貌させつつ、なにもかもを収奪したというわけだった。むろん人口《マンパワー》の問題はあったが、日本のようにヲルラのクローン技術をほぼ無制限に取り入れた国もあったから、それは呆れるほどの勢いで解決されてしまうことになる。当時、成体育成は禁止されていなかったし、ヴァチカンもメッカも蒸発していたのだからなおさらだった。

過去を焼き払ったかれらは宇宙へとむきなおった。

むろんヲルラから戦時賠償《ばいしょう》として奪い取った星系とそこにある未開発惑星をどうする

かが問題になった。〈接触戦争〉以前の良識に従うなら、いつまでも活用はできなかったかもしれない。しかし連邦は〈ヌルラ〉から手に入れたメサイアの軌道工場群——人類の感覚でいえば巨大だったが、〈ヌルラ〉からすると中規模企業程度のもの——を拡張しつつ稼働させ、使えそうなありとあらゆる星系へ片っ端から植民する、という大方針を定める。さきほどノヴァヤ・ロージナ自由市民同盟の幹部が持ち出した一〇年原則とはこの際に用いられたものだった。それは、

『植民可能な星系には最長一〇年の調査期間を設けるものとする』

とされていたが、言い換えるならどんな惑星も一〇年しか調べないで植民してしまうということであり、連邦が目をつけた星系における『自然』の寿命は一〇年だと定めたようなものだった。むろん〈接触戦争〉以前には考えられない強引さだが、反対勢力たりえただろう環境保護団体はほとんどが消滅していたし、なにより宇宙規模の〝環境保護過激派〟ともいえる〈ヌルラ〉と戦った後の地球でそれを唱えることは、一五世紀のスペインで悪魔崇拝《すうはい》を公言するのに等しかった。

「諸君に思い起こしていただきたい！　ノヴァヤ・ロージナもまた一〇年原則のもとで植民された惑星であることを。強引なテラフォーミングによって我らの故郷とされたことを。そしてそれは、連邦による大規模な支援がなければ続けられないものであることを！　しかし連邦はこの惑星、いや星系そのものを放置に等しい状態において——」

フョードロフはため息を漏《も》らした。

「これが本音ってことか」

「ま、そうでもいわないと格好がつかないんだろうさ」ミシチェンコはこたえた。

「それにしては」フョードロフは意地悪な笑みを浮かべていった。「ずいぶん熱心に演説を聴いてたじゃないか」

「俺たちは貧乏だ」ミシチェンコはいった。周囲を見回し、声をひそめて続けた。「連中の仲間になれば、すくなくとも、飯にだけはありつけるとはおもわないか？」

「たしかに」フョードロフはうなずいた。「たしかに、そうだね」

「そうさ」ミシチェンコはにやりとした。「もしかしたらウォトカだって手に入るかもしれないよ」

バルクライ通りの右路肩に地上走行式の車が停《と》まっていた。年式の古いブル大宇《デーウー》のバンだ。塗色はパープルだったが、かなり色褪《あ》せている。といっても整備そのものは完全といっていい。ノヴァヤ・ロージナ星系自治警察本部の覆面車だからだった。

車内のほとんどすべては公安活動用の特殊装備――情報収集装置の制御卓、無線機等で埋めつくされていた。車内には四人の男女がいる。一人は運転席、女性は助手席、残りの二人は制御卓についていた。

「お気楽なもの、といっていいんですかね」ディスプレイに疑似立体表示された集会の模様を眺めていた男がなまあくびをかみ殺しながらいった。四〇がらみの、浅黒い肌を持つアラブ系男性だった。緊張感を抱かないわけではないが、いまのこの惑星でノヴァヤ・ロージナ自由市民同盟程度の意見を述べる団体は少なくないし、その内容は穏健の枠にふくまれる。

「いまのところはね」かれの隣で音声を分析していたスラヴ系の男性捜査官が答えた。

「しかし、本音はどうだかな。集会からアラブ系を除外しているのが気に入らないんだが」

「フェージャ、そのうちCまで持ちだすってこと？」助手席に座って外を眺めていたアラブ系の女性がたずねた。上司にアーチャと呼ばれている女性捜査官だった。

「御明察」フェージャと呼ばれたスラヴ系捜査官が答えた。「ウォトカを出すという姑息《こそく》な手段でアラブ系を除外した本当の理由は、そんなところだとおもう」

アーチャは整った眉をかすかに動かした。納得のできる見方ではあった。アラブ系市民は、本来、Cに対する差別意識が薄い。宗教的・政治的伝統の影響だった。コーランか、貢納か、剣か？

本来のイスラムにおいて、人間の類別は、アッラーに絶対服従する者《ムスリム》か、敬意を払うか、敵対するかの三種類しかなかった。もしムスリムであるならば、生まれいでた子宮がどんな種類のものであろうとかれらは気にしない。その点は二二世紀末のムスリムたちも同じだ。アラブが人類世界有数の勢力であった時代の尊敬すべき態度を取り戻しているといってもいい。過激な思想を有する勢力も生き残ってはいるが、昔日《せきじつ》の力はなかった。一世紀半前に、地球上でかれらが大きな影響力を有していた地域とともに、構成人員の大半が蒸発させられたからだった。異星人によってではない。それらの地域は、〈接触戦争〉の末期、建軍されたばかりの地球連邦軍によって猛烈な報復攻撃を受けたからだ。〈ヲルラ〉や国連軍との戦いで血に酔った――というより泥酔《でいすい》しきった連邦軍は、その大量殺戮をためらいもなく実行した。これでようやく中東問題が解決する、と喜んでいた者すらいた。

アーチャは車外に視線を向けたまま右耳に指をあてた。盗聴装置によって送られてくる音声は、いまだ、自治星系市民の願望を総和したレベルにとどまっていた。

経済不安を原因としたテラフォーミングの遅延と生誕種別による差別の顕在化。いかにもありそうな話ねとアーチャはおもった。テラフォーミングを開発という言葉に置き換えてしまえば人類史上、飽きることなく繰り返されてきたゲームそのもの。本当なのかしら。彼女は緩い弓形にととのった眉毛の線を歪《ゆが》めた。あまりにもありきたりすぎて、かえって現実感が希薄に感じられてならないのだけれど。

マイクロ・コミュニケーターが拍手を伝えてくる。弁者が変わったのだった。アーチャは雪の積もった街路に視線を向けつつそれを聴いた。新味のない内容だった。しかし、前の弁者よりも発音は良かった。知性を感じさせる。

自治星系住民の誇り。あらたな弁者はそんな言葉を口にした。アーチャの視線は街路に向けられたままだった。そこには雪の降りしきるなか、うつむき加減に歩く自治星系住民たちが、弁者と彼女の同胞たちの姿があった。マイクロ・コミュニケーターから決め台詞と拍手が聞こえた。自治星系住民の誇り。言葉としては素晴らしいわねとアーチャはおもった。ついつい気分が昂揚《こうよう》してしまうほどの正義。しかし、その自治星系住民たち、その大部分は何をしているの？　解答。正義をとなえるより、崩れかけている生活を維持することを重視している。それがこの星系の現実。凍りついた惑星の現実。ああ、アッラーはどこにおられるのかしら。

アーチャは溜息をついた。窓が白く曇った。

その建物の奥行は八〇〇メートルほどもあった。横幅は二〇〇メートルはあるだろう。永井はコートを来たままその内部を歩いていた。かれの前には、高等代表団政務代表とノヴァヤ・ロージナ星系自治政府通商局長が連れだっている。かれの背後には二〇名ほどの男女が続いていた。

「ここは来年はじめに――もちろん人類標準時間で――完成する予定でした」通商局長がいった。太り肉《じし》の男だった。年齢は五〇代のはじめかとおもえた。ヴァシレフスキィという名だった。

「ISSの制御・分析中枢」ヴァシレフスキィはいった。「それがここに設置されることになっていました」

「建設中止の理由は？」政務代表は訊ねた。岡崎という名の男で、本業はN‐3自治省の次官補だ。次々期自治次官への就任が確実視されている。

「予算の不足ですよ、いうまでもありません」ヴァシレフスキィは答えた。「連邦の星系交付税、特定行政支出金、各星系からの借款、企業の寄付。休戦のおかげで、そのほとんどすべてが白紙に戻されましたから」

無理もないなと永井はおもった。

ISSは星系内空間観測・探査《インナーシステム・サーヴェイ》システムの略称だった。

ISSは十数台の大型光電算機と無数の可搬あるいは定置式センサーによってつくりあげられる。その目的は、星系内空間に存在するすべてのものを自動的に調べ上げ、分析してしまうことにあった。Vネット経由の恒星間情報処理ではさばききれないレベルに開発段階が到達した星系にとっては必須というべきものだ。極端なはなし、星系の経済的発展はISSのあるなしで決定されるといっていい。植民・開発の初期段階にある自治星系の独自予算、そのほとんどすべては、星系内に存在する資源の採掘・採集権の貸与《たいよ》によって得られるからだった。

ISSはその調査・分析結果をVネットにアップロードする。人類領域のあちこちにある企業はそれを検索し、評価したのちに資本を投下すべきかどうかを決定する。方針がさだまれば企業が動き出す。雇用が創出され、やがて（税制優遇措置等の特例税制下においてすら）税収が増大する。星系自治政府はそれを用いて社会資本を整備する。初期進出企業に関連したあらたな企業群があらわれ、第二次産業を確立する。さらに雇用が創出され、税収は増大。第三次産業全般が発展をしだす——すべてが理想的に進んだ場合、星系はこのようにして経済的離陸を果たす。

　しかしそのためには、その星系にＩＳＳが設置され、企業にとっての初期リスク、資源探査費用を可能なかぎり低減する必要があった。存在しない場合は経費が大きくなりすぎ、〝外れ〟だった場合に手の打ちようがなくなるからだった。

　たしかに連邦政府や三菱、クルップＯＴＴＯといった大企業ならば自前の——あるいは日本《J》スター《S》システム《S》やユナイテッド《U》・ギャラクティック《G》・ディヴェロップメント《D》へ依頼した——調査をおこなえる。

　しかし、各種産業の裾野にして基礎をなす中小企業群はそのような費用を捻出《ねんしゅつ》できない。かれらはＩＳＳがＶネットにアップロードするデータに頼るしかない。よほど有望なものでもない限り、ＩＳＳを経ずにアップロードされた埋蔵資源データをかれらは重視しない。データの評価を専門におこなう企業が低い信用ランクしか与えないからだった。

　その点でいえば、ノヴァヤ・ロージナは、当初より、実に幸運かつ順調に開発の推移してきた星系といえる。連邦より初期概略探査を請け負ったユナイテッド・ギャラクティック・ディヴェロップメントが、当該星系は鉱工業にとって好適という結果を公表していたからだった。通常、JSSやUGDによる調査結果は依頼主にしか手渡されない。それが早期に公表されたのは、ネイラムとにらみあった連邦政府が、後背地域《こうはい》である南方星域群を可能なかぎり肥え太らせようとしていたからだった。それは連邦の戦略的経済政策とも合致していた。ISSを経ていないにもかかわらずデータ評価企業がこの発表に高い信用度を与えた理由はその点にある。

高い信用度を与えた理由はほかにもあった。データ評価企業にとり、JSSやUGDの発表は最高度の評価対象たりうるからだった。事実、ノヴァヤ・ロージナにとっての主企業であったUSスチールは、そのUGDの発表と連邦の保証を受けて進出してきた。

ノヴァヤ・ロージナ星系自治政府も鉱工業を重視した。USスチールおよび関連企業に税制優遇措置を講じ、まず、雇用を確保した。他星系からの進出企業に通常の税率が適用されるようになったのは、進出後一〇年を経てからのことだった（ノヴァヤ・ロージナは、星系税において部分的に直接税方式を採用していた）。

植民開始から三〇年以上、ノヴァヤ・ロージナ経済は順調に発展した。古典的経済政策の成功例とすら評されたほどであった。人類の居住がほぼ不可能であったリェータに最新のテラフォーミング・システムが設置できたのはそうした政策のたまものだった。第一次オリオン大戦によって生じた特殊鋼需要の爆発的な増大がそれをさらに支援した。

第一次オリオン大戦末期、ノヴァヤ・ロージナはすでに戦後をにらんだ開発推進計画――その実施に着手していた。ISS用地上施設、制御・分析中枢の建設もそのひとつだった。ノヴァヤ・ロージナは、豊富な連邦の星系交付税、税収等々から費用を捻出し、テラフォーミング・システムよりも高価なISSの実働を図りつつあった。

しかし、それが端緒《たんちょ》についたばかりの段階で戦争は休憩にはいってしまった。莫大な額の公債発行によって維持されていた連邦予算は大削減をうけ、それにともなって星系交付税も激減した。ノヴァヤ・ロージナにおける税収の減少は休戦後半地球年の段階で前年度上半期比三八パーセント減という数値を示した。まさに壊滅的というほかない状況だった。戦時中、ノヴァヤ・ロージナの市民生活が平均してロウワー・ミドルの段階に到達していたこともその傾向をさらに助長した。

「代替利用計画は？」岡崎政務代表が訊ねた。

「幾つか、あります」ヴァシレフスキィは答えた。「まだ決定していません。ISS計画も放棄されたわけではありませんから」

見事な官僚的表現。永井は口笛を吹きたくなった。自分たちが無能ではないと弁明しつつ、打つ手がないことを認め、それは自分たちの責任ではないといっている。

「何か？」隣にいた男が訊ねた。永井専用の案内役としてつけられた若いアラブ系官僚だ。

ラシッドという名だった。

「状況の複雑さを思い知ったような気がしたものでね」永井は答えた。

「ああ」ラシッドは悲しげな呻きを漏らした。よくみれば、目鼻だちのはっきりした顔は疲労の色もあらわだ。「まさにそうです、政務補佐官。しかし、複雑なのはそちらも同様では？」

「日系星系《Nシスターズ》では珍しくもありませんよ」永井は答えた。政務代表が、経済代表とは別に経済状況の視察をおこなう。まったくNシスターズらしい情景ではあった。実のところ岡崎政務代表は永井の父親によって政権から追い落とされた野党の息がかかった官僚で、永井の表向きの役割はかれの補佐——つまり、監視だ。ノヴァヤ・ロージナ側も当然そのことを知っている。

「あなた個人の意見はどうですか？」ラシッドは気のない様子で訊ねた。「わが故郷についての印象は」

「希望的観測は慎まねばなりませんな」永井はいった。「その点だけは、たしかです」

「希望もなく絶望もせず」ラシッドはいった。苦笑じみたものを浮かべている。「ただ前進あるのみ」

「そう」永井は同意した。「つまり、難しくはあるが、けして不可能ではない」

「楽天家なのですね、あなたは」ラシッドはいった。驚いたような口調だった。

「あなたたちが八〇光年離れたメッカに毎日祈りを捧《ささ》げるのと同じです」永井はいった。さすがにその焼け跡に、とはいわない。「ところで、お身体の調子でも？　顔色が悪いようですが」

「ああ、申し訳ない。個人的な不幸があったもので」ラシッドは答えた。瞳に、まったく官僚的ではないものがあらわれていた。「数日前、弟が殺されたのです」

「それは」永井もさすがに複雑な表情になった。

「葬儀はもう済ませました」ラシッドは建築材料が剝きだしになった床を見つめたままいった。顔をあげて続ける。「そうだ、あなたにひとつ重要な情報をさしあげましょう」

永井はいぶかるような視線でそれに答えた。

「見返りはいりません。あなたがたが非公式におこなっている調査活動でもすぐに判ることですから」ラシッドはいった。「いや、もう、報告が届いているのかも」

「なぜ僕に？」永井は訊ねた。

「わたしの実家はこの星でも有数の影響力を持っています。Ｎ‐３における永井家と同じように」ラシッドはいった。「くわえて、なんというべきか、あなた個人に対する純粋な敬意の表明、とでも考えていただければ」

「敬意？」

「わたしは半年前までイヴン・アル・ラシッド連邦宇宙軍中尉でした、永井大尉」ラシッドは敬意をこめた発音でいった。「所属は陸戦隊。〈ノーザン・ブル〉です」

「第7重機甲師団」永井は答えた。第7重機甲師団は地球連邦の創設時、当時の日本政府が連邦へ参加させた精鋭部隊の末裔《まつえい》だった。〈ノーザン・ブル〉という愛称は、二五〇年ほども前から使用され続けている部隊章にちなんだものだ。北海道という島のシルエット上で角をふりかざす猛牛《ブル》のエンブレム。本来は偵察部隊のものだったが、現在では師団章として用いられている。

「第11機動連隊」ラシッドはいった。

「それでは？」

「いいえ、あなたに救われた男たちと面識はありません。大隊が違いますから」ラシッドはいった。「しかし、あなたが救ったのがわたしの戦友であることに違いはない」

「なるほど」永井は頷いた。「光栄です」

「なに、不愉快な話なのですよ」ラシッド家の長男は話を戻した。「わたしの弟、あの放蕩者がどんな死に様であったか、ということです」

「それが僕にとって？」

「あるとおもいます」ラシッドはいった。「弟はどこかで引っかけた莫迦娘と一緒に強姦されたのち、殺害されました」

「悲劇だ」

「まさに」ラシッドは頷いた。「かれの遺体、その脇の雪面にはCと彫られていたそうです。もちろん弟はオリジナルです。政治的・宗教的背景もありません。いくらかでも持っていてくれた方がまだましな人間になっていただろうに」

永井は唇をわずかに引き締めた。

「どうです」ラシッドはいった。「こんながらんどうの建物をのぞくより、よほど政治的に興味深い話でしょう？」

雪の降るなかを歩くことには喜びと恐怖がある。雪のなんたるかを知らぬ者と知る者の違いだった。陳栄至はその両方を知っていた。喜びは、幼い頃に故郷のシルキィで愛犬とともに庭で味わった。陳家はシルキィの北大陸、その温帯限界線で暮らしていたからだ。一方の恐怖は、ハンゼの第四惑星で特殊戦中隊の指揮官として経験している。連邦宇宙軍に編入されたシルキィ人民軍四個師団は、冬のハンゼで兵員の六三パーセントを失った。陳の耳には無益な逆襲――成功の可能性が皆無《かいむ》といってよかった突撃の惨状と、異星の大気に響き渡った人民軍伝統のナチュラル・ホルン《ビューグル》、チャルメラの音がこびりついていた。いまだに夢でうなされることがあるほどだ。人間の医者だけでなくネット診断も定期的に受けているが、あまり効果は無い。むろん薬や洗脳技術を応用した思考操作で抑えてしまう手もあるが、うまくいかなった場合の反動が恐ろしくてそれに踏み切れないでいる。結局のところ、心に問題を抱えてしまった者が頼る昔ながらの手を用いるしかなかった。仕事に打ちこむことだった。

夕刻が近づくにつれ、雪はその激しさを増してきた。陳の着こんだ丈《たけ》の短いヴィクトリアン・ショートウォーマー・コートの肩にもそれは積もっている。路面にも数センチの新雪が層をなしていた。といっても、陳はスキッド・パターンに工夫の凝らされたソレル・ブーツを履いているから、とりあえずは気にせずともよい。

陳が歩いているのはコロリョフスカの北部市街、バクラチオン街の、バルクライ通りにつながる街路だった。道幅は五メートルほどしかない。その両脇には、植民初期に建てられた背の低い建物がつらなっている。路上に人影はまったくない。

街路の南端、バルクライ通りに黒塗りの地上車が停車した。

陳は立ちどまった。車から降りた人物はかれの方に近づいてくる。同時に背後に感じたものがあった。ちらりと見ると、二〇メートルほど後方にスターミィ《S.1A》・ジャケットを着た二人の若い男が立っている。かれは凹凸《おうとつ》のすくない顔に奇妙な微笑を張りつかせ、唇をわずかにすぼめた。基本が守られていることを知るのはプロにとって嬉しいものだ。

「ちょっとばかり格好をつけすぎじゃないかな」目の前にやってきた人物へ陳はいった。融合英語をもちいている。「イリナ・ディミトロヴナ」

「お互いさまでは、陳人民軍少佐？」イリナ・ディミトロヴナ・ミハイロフ警部は答えた。

「あなたの部下も、どこかそこいらへんに配置してあるのでしょう？」

「少佐、人民軍少佐」陳は朗唱するような発音でいった。「なんのことだかさっぱりだね。わたしはただの通信社支局顧問だよ。それに、顧問に部下はいないんだ」

「だったら楽なんだけれど」ミハイロフはコートのポケットからシガレット・ケースを取りだした。陳に勧める。陳は首を振った。ミハイロフは煙草《たばこ》をくわえ、表面に複雑な傷跡のあるライターで火をつけた。雪がひっきりなしに舞い落ちている空中に煙を吐きだす。汎用《はんよう》抗ウィルス剤のない一世紀前であれば、自殺願望の表出とみなされただろう行為だった。

「君の部下は過労のあまり幻影でも見たのだろう」陳はいった。

　煙草の灰が舞い、ミハイロフのコートにおちた。ちいさな罵り声をあげた彼女はそれを黒革の手袋をはめた手で払った。今日の彼女はフルレングスのラップ・コートを着ている。荒事《あらごと》をかまえるつもりでも、自分がそこに参加する意志はないようだなと陳はおもった。

「冗談よ」ミハイロフはいった。整った眉毛と長い睫毛《まつげ》に雪が付着している。「誰もなにも見つけちゃいないわ。あなたは部下を誉めてやるべきね。ふらふらさせてる低可視性監視ドローンに気づいていながら裏通りにはいった理由はそんなところでしょう？」

「この場の本題も冗談かね？」手袋をはずしながら陳は訊ねた。頬を撫でる。そこは氷のように冷たかった。

「だったら嬉《うれ》しいわね」ミハイロフは答えた。「残念ながら、そうじゃないらしいけれど」

「で、用件は？」

「あたしはこれまで、あなたの部下が――」

「そんなものはいないって」

「いないはずの部下が、おこなっているはずがない活動について黙認してきました」ミハイロフはいった。「理由はおわかりになる？」

「仮定ばかりの問題について判断はくだせないな」

「抽象論はあなたの民族の得意技じゃない？」

「われわれは無駄ばなしをしているのじゃないだろうか」

「それこそあたしの望むところ」ミハイロフはいった。「でまぁ、ちょっとばかり借りをかえしてもらいたいわけ」

「情報源の秘匿《ひとく》はわが職業倫理のひとつでね」

「じゃあ、あなたの〝取材活動〟がこの星系の法に抵触する、と法執行機関の関係者が判断してもいいわけね？　いままでは、我が星系の風変わりな広報活動方針が許容しうる範疇《はんちゅう》にあるとみなしていたけれども」

「それは困るな」陳は答えた。「だいいち、公的機関の圧力による取材活動の制限は連邦基本法にも違反しているよ」

「あたしの故郷は普通の状態じゃないの」ミハイロフはいった。「それともあなたは、ハンゼですべての法規をまもって行動していたとでも、少佐？　あの時、ハンゼでひどい目にあったのは自分だけじゃないことを忘れた？」

「すべてを忘れたいとおもっているよ、イリナ・ミハイロフ小隊長」陳は答えた。「で、君がわたしに求めるものは？」

「日本人《ヤポンスキィ》よ」ミハイロフはいった。

「N‐3の？」

「それだけじゃない」ミハイロフは煙草を捨てた。あらたに銜《くわ》え、くぐもった声でいった。

「連邦宇宙軍も」

「連邦宇宙軍《エス・ティ・エイ・アール・エム・ワイ》」陳は別れた愛人の名を読みあげるようにそのアルファベットを口にした。コートのポケットからライターを取りだし、ミハイロフの煙草に火をつけてやる。ポケットからシガレット・ケースを取りだし、自分も一本銜えた。

「あの男か。得体の知れない日本人野郎。なにを考えて動いているのかもよくわからない。異星人相手ならそれでもよかったのかもしれないが」

「もう御存知のようね」ミハイロフは煙を長く吐いた。「かれが人前に姿をあらわしたのはほんの数時間前のことだというのに」

「うちには仕事熱心な記者がいてね」陳は笑った。

「それで？」

「その男の経歴を教えて欲しいの。Ｖネット経由ではアクセスできないところにファイルがあるらしいから」

「難しそうだね」

「かもしれない。でも、不可能じゃない」

「理由は？　もしも教えてもらえるのならば」

「こんな時期に、日本人が主導するグループが二つもこの惑星へのりこんできたのが気にかかるから」ミハイロフはいった。「Ｎシスターズが連邦宇宙軍に絶大な影響力を持っていることはあなたも知っているはず、陳少佐」

「Ｎ‐３主席の息子はそれほどでも？」

「気にはなる。ついさきほど、ラシッド家と接触していたそうだから」ミハイロフはあっさりと認めた。「でも、怖いのは軍の方。というよりも連邦そのものかも。かれらは、人類全体を存続させるためならば、何を企《たくら》むかしれたものじゃない。ロシア人や中国人ならそれがよくわかっているはず」

「否定はしないが——期待しないで待っていて欲しいな」

「ええ。でも、その時はあなたも自由と平等を信じてもらっちゃ困ることになる」

「イリナ・ディミトロヴナ、こういってはなんだが」陳は茶化すようにいった。「いまの君は、わたしの給料一〇年分でも一夜の愛をあがなえないほどの高級娼婦《しょうふ》に見えるよ」
「玄宗《げんそう》皇帝の気分が体感できたということ？」
「楊貴妃《ようきひ》は娼婦というわけじゃないが、ま、そんなところだろうか」
「夫が知ったら喜ぶわ。かれはあたしのことをイェカテリナと呼ぶから」ミハイロフは微笑した。「それに、高級娼婦なんて、歴史の古さからいえばあなたの職業と似たようなもの。そうじゃなくて？」

南郷に与えられた部下の大半はノヴァヤ・ロージナ全土に散っている。その主力は事前に潜入していた一四四名だった。

南郷とともにこの星系へ到着した三八名の大部分はその種の任務につけられていない。かれらの能力に問題があるからではもちろんなかった。あちこちから送られてくる情報を収集・分析せねばならなかったし、潜入した者を（たとえば身元が暴露された場合などに）援助する必要があるからだった。軍隊でいう司令部業務・兵站支援、そして予備兵力控置のため、ある程度の人員が必要ということだ。南郷とその分遣隊の任務は非公然合法活動ではあったが、組織活動の常識を無視してよいというわけではない。

状況報告は感覚装置を用いずにおこなわれていた。南郷がその種のものを好まないからだけでなく、電磁波や熱によって情報を読まれるからだ。

南郷が本部を設営させたのはサンクト・コロリョフスカの郊外、アレクサンドルスキイ山の麓《ふもと》に確保された別荘《ダーチャ》風の邸宅だった。周囲には何軒か似たような建物があるが、人気《ひとけ》はまったくない。ここはリェータの開発が予定どおりに進むと信じた不動産業者が抱いた夢の残骸だからだった。

「ノヴァヤ・ロージナにおける反連邦運動は三派に大別されます」ヴァシーリィ・イヴァノヴィッチ・シコルスキィ大尉がいった。かれは分遣隊副官だが、南郷と顔をあわせたのはつい最近、リェータの地上でだった。先にこの星系へ乗りこみ、任務の代行と、基礎的な情報収集・分析をおこなっていたからだ。一見するかぎり完全なスラヴ系に見えるが、実際はカナン出身のアシュケナージ・ユダヤ人だった。

「以前からその傾向はありましたが、ここ二ヶ月ほどのあいだにそれが明確になりました」シコルスキィはいった。壁にかけられているディスプレイにポインティング・リングを向けた。表示される。反連邦運動の勢力図だった。

「アラブ系主導派、スラヴ系主導派、多民族派の三つです。アラブ系主導派は少数ですが過激な宗教・思想的背景を持っています――C差別ではなく、連邦の宗教政策についてですが。スラヴ系主導派は最大派閥といえますが、状況の漸進的な――まあいまの商況ではそうみなしうるような――改革を主張しています。多民族派は目だつ活動をほとんどおこなっていませんが、政治力や資金力はもっとも大きなものです。マリノフスキィやラシッドといったこの星系の有力者一家が関わっています」

「もっとも危険視されているのは？」安物の椅子に腰をおろしていた南郷が訊ねた。セアラはかれの背後に立っている。

「立場によって異なるとおもいます」シコルスキィはいった。

「星系政府がもっとも危険視しているのは？」南郷が問い直した。

「スラヴ系主導派です」シコルスキィは正しいボタンを押された機械のように応じた。「過去一ヶ月のあいだに資金的な問題を解決したらしく、あちこちで集会を開催しています。たしか、今日もコロリョフスカ市内のどこかで集会がひらかれているはずです。当然そうなれば過激化が進むわけで。同じ文句を繰り返しているだけじゃ人が集まりませんからね。というわけで、かれらの穏健さがいつまで続くのかは……自分の判断では一ヶ月もしたら革命を叫んでいそうな気がしてなりません」

「市民がもっとも支持しているのは？」南郷がふたたび訊ねた。

「多民族派です」シコルスキィは即答した。「休戦直後、アラブ系主導派を支持していた市民もそちらに流れています。ただし、スラヴ系主導派も明らかな増大傾向にあります。本音としてはそちら、ということかと」

「で、スラヴ系主導派の資金力が向上し、なにもかもが荒っぽい方向へ流れつつある、と」南郷は呟くようにいった。「というところだな？」

「はい、分遣隊長」シコルスキィはほお、という顔を浮かべた。この星系に到着した南郷がごくわずかな情報から的確な推測をおこないつつあることが理解できたからだ。同時にかれは南郷が自分に求めている役割を認識し、その求めへ従うことにした。だから、有能な幕僚にもとめられる態度を演じることにし、必要最小限に先走ってみせた。

「人員配置の重点を切りかえますか?」

「いや、当面は現状のままでゆく」南郷は答えた。「君の意図は判っている。が、まだ、早すぎる」

南郷はディスプレイの前にたち、その表示をみつめた。

かれの見るところ、ノヴァヤ・ロージナにおける反連邦運動の帰結は三つあった。前二者は発展的解消、そして星系内紛争の勃発。いずれも実現にいたる可能性はそれなりにあるとおもっている。反連邦運動の発展的解消は、かれらが批判している地球連邦による徹底した援助の実施によって容易になしとげられる。これがひとつ。しかし星系内紛争も簡単に引き起こせる。ただ放置しておけば良い。これが二つ。そして三つ目は、反連邦運動派を連邦が黙認しているというあやまった印象を与えること。それだけでかれらは星系内における自派の権力確立をはかり、相争うだろう。

背後で交わされている会話を南郷は耳にした。

「面倒なことになりそうですな」ウィルバだった。

「そうおもうか」シコルスキィの声だった。

「だとおもいますがね、大尉」ウィルバはいった。

「ヴァーチャでいい」

「ありがとうございます。ヴァーチャ、つまり、反連邦活動は二派にまとまろうとしているわけですよね？」

「そう」シコルスキィの同意には賛辞の響きがあった。「多民族派とスラヴ系主導派に」

「アラブ系主導派の役割は？　可能性は二つありますね」

「ああ。消えてなくなるか——」

「それだと他の二派が拮抗《きっこう》して内乱を始めますな」

「——過激分子として悪役になる」

「その場合、連邦はこの星系を援助せざるをえなくなってしまう。過激分子による社会混乱の放置は連邦の威信を粉微塵《こなみじん》にしちまいます」

「つまり、どちらも連邦の望む結果ではない」

南郷は苦笑を浮かべた。相違点はあるが、かれらも自分と似たような結論に到達していると知ったからだった。

それにしても、と南郷はおもった。ウィルバは大した奴だ。通常、下士官はそこまで大がかりなことを考える習慣を持たない。それはかれらの仕事ではないからだ。やはり、よほど優秀な男であることについて疑問はない。

そこまで考えた時、かれの顔から苦笑が消えた。ウィルバはただ優秀な下士官というだけの男なのか、という疑いが湧いたからだ。それは、かれがウィルバと出会ってすぐに抱いた疑問でもあった。

「可能性はもうひとつある」南郷は振りかえらずにいった。かれらと自分の予測、その相違点については無視している。重要なのは問題点の概略認識であり、細かな部分の整合性ではないからだった。

「なんですか」シコルスキィが訊ねた。知っていますよ、という口調だった。

「わかっているんだろう?」南郷はいった。

「諸勢力の糾合《きゅうごう》」シコルスキィは短く答えた。

「どのようにしてそれは発生する?」南郷は振りかえった。視線をセアラに向ける。

「すでに素地はできあがっています、少佐」背筋を伸ばした姿勢のままセアラが答えた。

「スラヴ系主導派が得ている資金は、多民族派から流れたものでしょう。かれらは、なにか機会があり次第、手を組んでおかしくない」

「アラブ系主導派はどうなる?」南郷はウィルバに質問した。

「悪役か、消滅か——そうか。どっちでもいいですな」黒人下士官は人の悪い笑みを浮かべていた。

「しかし」シコルスキィが反駁《はんばく》した。「それが実現するには、連邦の反応が」

「まさにそのとおり、大尉」南郷はいった。「つまるところ、ノヴァヤ・ロージナの問題はすでに星系内だけで済むものではなくなっている。この星系で発生しうるすべての可能性、それが実現するかどうかは、連邦がどのように反応するかにかかっているのだ。一等兵曹、その点をふまえた場合、どのような展開が予測できる？　さきほど貴様たちが交わしていた会話の繰り返しになってもよい」

「連邦が早期介入をはかった場合は二つです。すべてが丸くおさまるか、現地住民による武装抵抗活動にまで拡大するか」

「そうだ。援助をおこなう経済的余裕はいまの連邦にはない。かといって、連邦が古典的な人民解放戦争における悪役になることは世論が許さない。つまり、常識的積極介入策は実現しない」南郷はいった。「ほかの予測は？　シコルスキィ？」

「放置、静観──表現はともかく、それも無理です。さきほどウィルバとも話しましたが、星系内の混乱、その放置は、連邦の威信を傷つけます」

「しかし消極策は論外」南郷は頷いた。「ならば連邦はなにを望む？　セアラ？」

「問題そのものの根絶」セアラは答えた。「それをはかるでしょう。論理的にはそう予測できます」

「問題そのものの根絶？」シコルスキィは眉をしかめた。かれは有能な情報将校だったが、同時に古くさい道徳観を持ってもいた。彼女のことをＪＰではなく、南郷の愛人として見ている。それゆえ、セアラに対するかれの態度は辛辣《しんらつ》なものになりがちだが、それを表にださないよう努力してもいる。

「中尉、どういうことだ？まさか、連邦がノヴァヤ・ロージナ住民の絶滅をはかるとでも？」シコルスキィは嫌悪感を心の奥に押しこめてたずねた。

「必要があれば」セアラは答えた。硬い声だった。

「しかし、そのためにはノヴァヤ・ロージナがまとまらねばならない。連邦を敵として認識し――」

シコルスキィは絶句した。自分の発言が暗示しているものに気づいたのだった。

「連邦はこの星系を人類の敵にするつもりなのか」

「植民星問題を一挙に解決するために」セアラは断定した。

「他に、根本的な解決の方法がない」南郷がいった。「連邦とノヴァヤ・ロージナ、その政治的認識は違いすぎる」

南郷が口にしているのは、古典的政治観――国家観の対立についてだった。

これまでのノヴァヤ・ロージナは、定められた世界で定められた役割を果たしているだけの存在だった。その意味で、フリードリヒ大王が信奉《しんぽう》した機械主義的国家論、その今日的解釈を実施するだけですべてが事足りた、ともいえる。星系政府から市民ひとりひとりにいたるすべてが、与えられた職務、手に入れた生活における己《おのれ》の役割を歯車や発条《ばね》のようにきっちりと果たしていればそれでよかったからだ。ただそれだけで、ノヴァヤ・ロージナは時計が時を刻むように発展し続けた。

これに対して、地球連邦の人類領域における立場は天秤《てんびん》のようなものだったといえる。その目的は人類存続という〝正義〟を実現するために必要な環境の構築と維持だった。

しかしいま、両者はともにみずからが信じる（演じてきた）役割の限界に直面している。ノヴァヤ・ロージナは連邦に反対することで時計としての機能を維持しようとしていた。一方、連邦はすべてを強引に計量してしまう天秤でありつづけようとしている。

「つまりは天秤と時計のどちらを信じているか、その争いのようなものだ。古典的だな」南郷はいった。「もちろん天秤を掲げているのは連邦だ。そしてわれわれは錘《おもり》。おそらくは、使い捨ての。論理的に考えるならば、それ以外の解釈はありえない。すくなくともわたしにとっては」

「その点は覚悟の上です」シコルスキィはため息を漏らし、いった。「我々は宇宙軍軍人ですからね」

「心強いね」南郷はいった。「だが、わたしは使い捨てにされるつもりはない。その点、わたしは心の狭い人間なのだ。わたしの指揮下にいるかぎり、諸君にもそういう人間でいてもらうつもりだ。あるいは、錘なりの処世術を追求するのがわたしの方針だと了解してもらってもよい」

シコルスキィは上官に視線をあわせた。

南郷の両目には墓石のような冷たさと硬さがうかんでいる。どこかに粘《ねば》つくような部分もあった。かれの内部へ確実に根付いている冷酷、酷薄という人間的要素だけでは説明しきれぬものかもしれない。

それはまさに人格的欠陥だったろう。と同時に賞賛されるべき要素でもあった。かれは他者や状況に対する場合と同様に、自身もまたおそろしいほどの客観認識、その対象としている。自分が一種の性格破綻《はたん》者であることを熟知していた。自己の内部に存在しているのであろう長所や美点といったものが、その破綻した性格によって補強されているのだという認識すら有している。と同時に、それを安易な自己憐憫《れんびん》や自己顕示へつなげることを異常なまでに嫌っていた。明快ではあるが破綻といえばこれほどの破綻はなかった。

いま、シコルスキィは南郷の本質、その一端に触れた。かれはこの上官に敬意を抱かざるをえなかった。たしかにかれの感情は南郷を嫌悪している。が、知性は敬意を要求していた。ならばそれに従うよりない。ユダヤ的現実主義の衣鉢《いはつ》を継ぐシコルスキィにとり、それ以外の選択肢はなかった。

「南郷少佐」シコルスキィは背筋を伸ばし、いった。「御命令ください。なんなりと」

「無論だ。それが君の任務だ」南郷は答えた。「だが、まことにありがとう」

「で、これからの方針はどうされるおつもりで」ウィルバが訊ねた。

「当面は錘の役割を果たす」

「連邦の態度次第だと」

「そうだ」南郷はいった。「であるからこそ、しばらくは暢気《のんき》にやってみせる」

「なぜですか」

「天秤を司《つかさど》る女神は、釣り合いをとるため、まず片側に罪をのせねばならないからだ」

「当然ですな。だからこそ釣り合いがとれる。罪の重さがわかる」

「そうだ」南郷はいった。「だが、もし女神に罪を裁くつもりがなければ？　そして、時計に時を刻む意志がなければ何がおこるのだ？」

「俸給に見合った仕事ができます」セアラがいった。その瞳は歓喜に輝いているように見えた。

6

人類領域

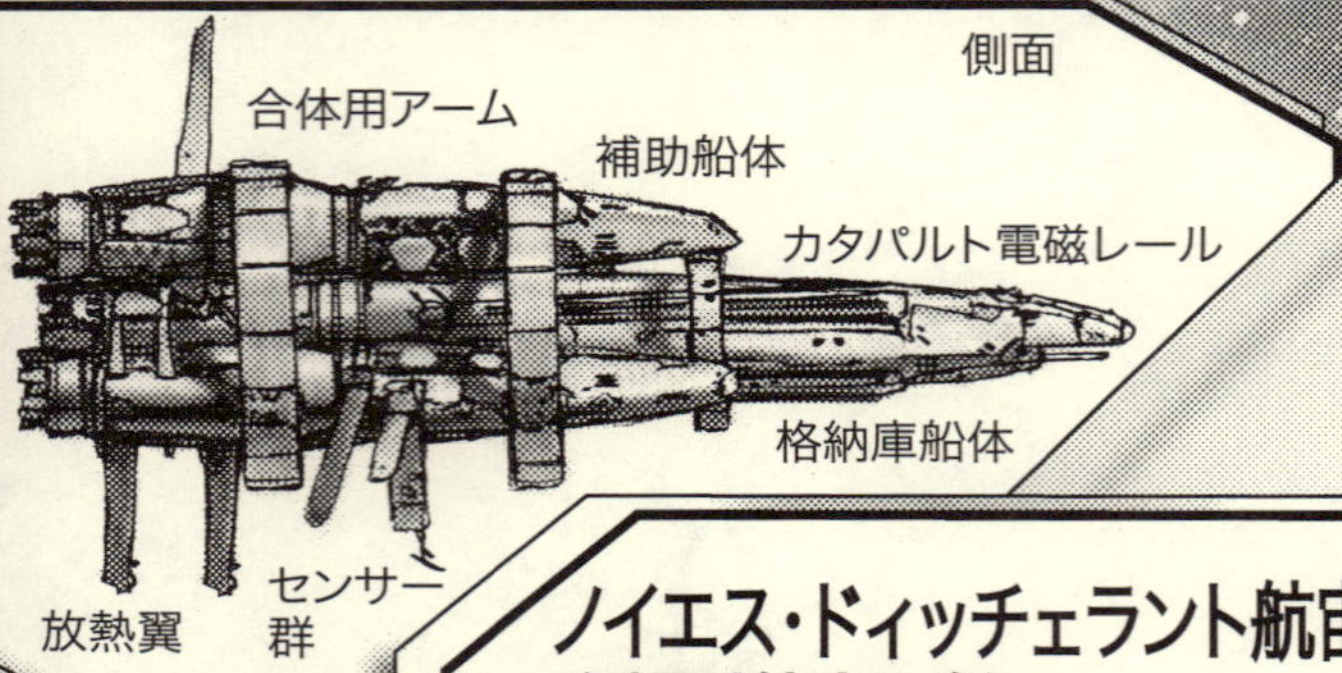

ノイエス・ドィッチェラント航宙軍
攻撃型航宙母艦
エーリヒ・ハルトマン

無人戦術航宙機
マルティML403E

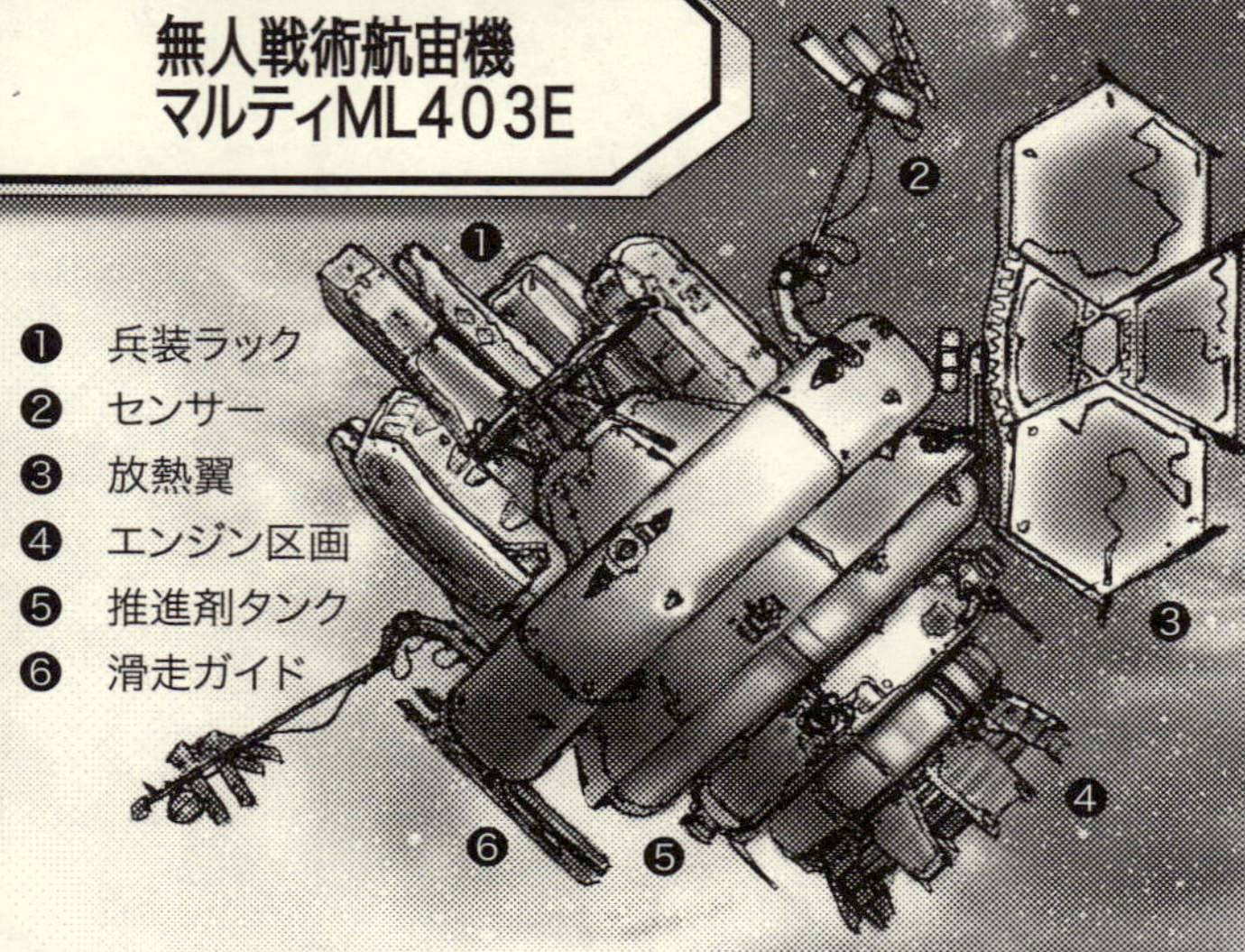

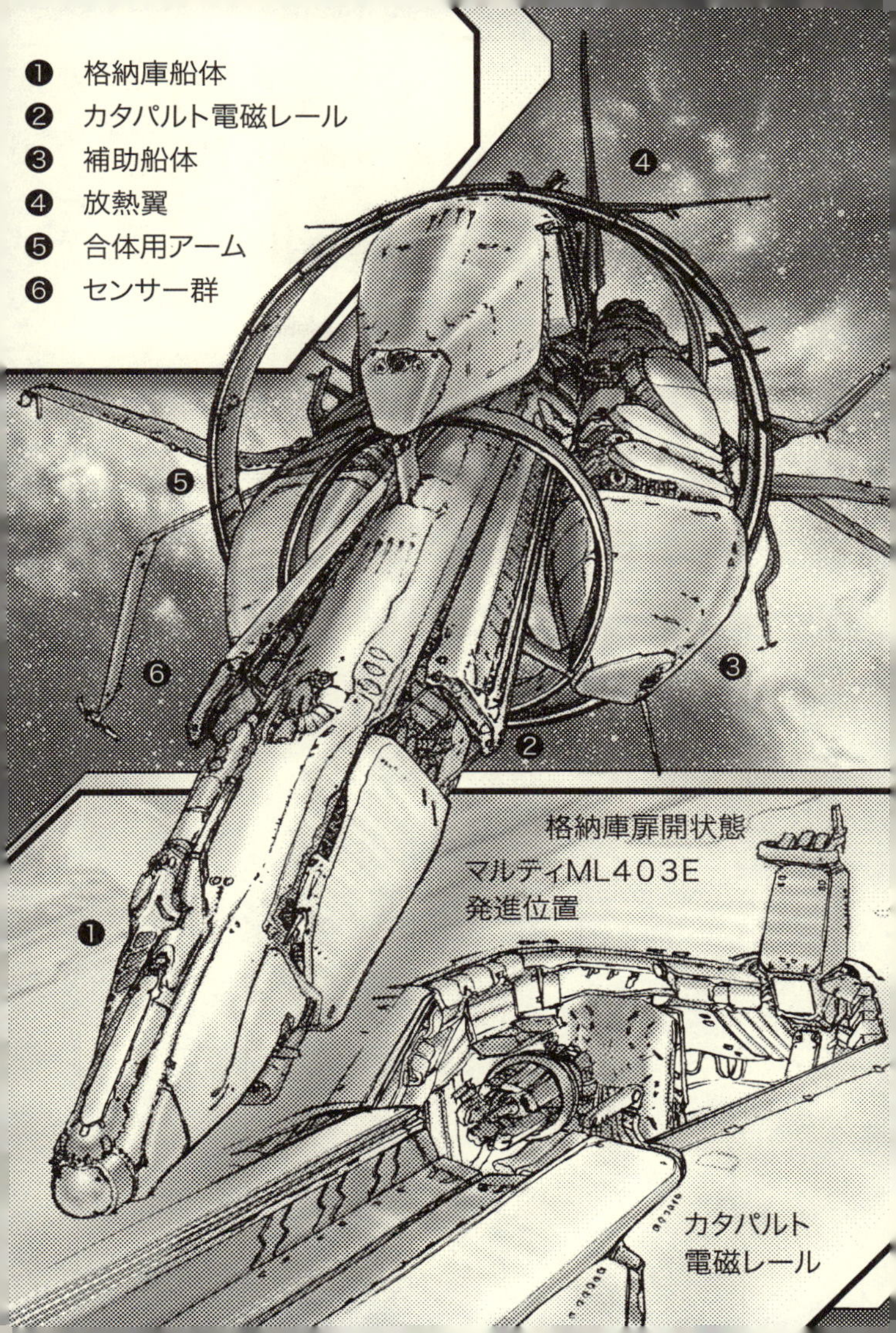
❶ 格納庫船体
❷ カタパルト電磁レール
❸ 補助船体
❹ 放熱翼
❺ 合体用アーム
❻ センサー群
④
⑤
⑥
③
②
❶
格納庫扉開状態
マルティML403E
発進位置
カタパルト
電磁レール

開始。

1

恒星間航空宇宙通信網、略称ISACは、第一次オリオン大戦直前に完成した公用恒星間通信システムだった。システムはいくつもの光電子計算機、多数の衛星によって構成されている。必要があれば、大戦中に完成した軍用通信網〈ハイ・ライン〉とのリンクもむろん可能だ。

ISACの目的は明確だった。地球連邦の必要とする情報を可及的すみやかに伝達すること。となればその利用者は必然的に限定されたものとなる。つまり連邦政府関連機関および、連邦が利用を許可した個人・団体だけ。人類標準時二一九七年一一月三〇日午後九時に至急報を発した在ノヴァヤ・ロージナ連邦高等連絡官事務所もそのひとつだった。

至急報は、六七時間ほど後に太陽系の連邦首都に到達した。迅速といえる。その電波は、星系内空間といくつものハイゲートをくぐり抜けてきたものであるからだった。といっても、誰もその素早さを賞賛することはなかった。人類領域内に張りめぐらされたISAC

（略称の読みはアイザック、イサークの二種類ある）はまさにそのため、迅速な情報伝達を目的としてつくりあげられている。

暗号化されていた通信は、連邦首都着信と同時にウィルス・チェックを受けた。ＩＳＡＣの中継衛星は、特殊な〝先触れ〟パルスを受信したあとでなければ回線を開かないようになってはいる。しかし連邦政府はＶネット・スペースのテロリストたちの能力を高く評価してもいるのだった。

暗号通信は、その概略安全性を確認されたのち、通信制御用光電算機に転送された。通信は連邦政府の機密信、そのほとんどすべてと同様に、マトリョーシカ方式と呼ばれる二段階の暗号化がおこなわれていた。

第一段階は連邦政府が暗号専用につくりあげた特殊細胞、その遺伝子情報がもちいられる。特殊細胞は自動的に遺伝子の組みかえをおこなうようにつくられている。かりにそれが奪われたとしても解読は不可能といってよい。暗号変換時に誘発される遺伝子組みかえの解析にひどく時間がかかるからだった（暗号を使用する機関・個人には解読用の特殊細胞が配布されている）。このため、現実問題としては無限乱数式に近い不解読性暗号（実際的不解読性暗号）といってよい。通常ならば、この転換だけで暗号としては充分だった。暗号化・解読用細胞は頻繁に変更されるからだ。

しかし連邦は情報の秘匿についてたいへんに注意深かった。歴史が暗号ほど信用のならぬものはないと証明しているからだった。このため、暗号細胞をもちいて転換された暗号文に再度の暗号化をほどこすことが普通になっている。第二段階の――暗号文の暗号化だった。これは量子暗号方式――といっても暗号鍵ではなくすべてを暗号化するもので、観測問題の影響を受けるため、解読は不可能とされる。ならばそれだけで良さそうなものだが、理論上は大丈夫でも、人間的要素や解読後の光電算機が発する熱などから〝読まれる〟という問題がある。

ノヴァヤ・ロージナから発せられた通信もマトリョーシカ方式の暗号化がおこなわれていた。

暗号文をうけとった通信制御用光電算機は、在ノヴァヤ・ロージナ連邦高等連絡官事務所で解読され、外側の皮が剝かれた。再度のウィルス・チェックがおこなわれ、暗号文は暗号解読専用光電算機に転送された。

専用光電算機は暗号に付与されたキィを確認し、それに合致する遺伝子を選びだし、遺伝子組みかえによる暗号文のゆがみを推定し、平文に変換した。それらの作業は着信から五秒ほどでおこなわれた。

専用光電算機はウィルスについて独自のチェックを実施し、安全を最終的に確認したのち、回線を物理的に接続、連邦政府光電算機群へそれを転送した。光電算機群の〝入り口〟にある評価思考部はその内容を確認し、ウィルスについての最終的なチェックをおこない、評価結果を中枢思考部へと伝達した。中枢思考部は評価結果についての再検討をおこなった。結果は評価思考部とほぼ同じだった。警報が発令された。人類標準時二一九七年一二月三日午後四時のことだった。

警報が発令された時、連邦を率いる人々は当日業務のとりまとめにはいっていた。イアン・アークハート首相は午後六時に予定された〈ヲルラ〉大使館でのパーティ、そこでおこなうスピーチの草稿を練っていた（〈ヲルラ〉はいまだにずれはあるものの、人類の習慣へ懸命に順応しようとしていた）。主要閣僚のほとんど全員も、夜に予定された政治的・個人的要件の準備をおこなっている。変わり種としては、けして公的とはいえない関係にまで踏みこんでしまった同性の部下を仮眠室で抱き締めていた女性閣僚もいた。

警報は、かれら全員へ同時に届いた。

アークハートは草稿の脳内投影をやめ、首相秘書官長に予定の変更を伝えた。閣僚全員もそれまでおこなっていたことをとりやめ、執務室での待機に入った。全員に首相からの召集がかけられる可能性は低い。しかし、規則がそれを求めていた。

アークハートはかれが必要と判断した人物に召集をかけた。

宙務、外務、星防、植民各省大臣、連邦情報庁長官、検察庁長官、特別戦術局局長、連邦軍統合幕僚本部長。それにくわえて通商大臣。通商大臣が呼ばれたのは、かれがアークハートの親友であり、実戦体験をもった予備役宇宙軍中将であるからだった。

召集を発したアークハートは、各分野の補佐官と共に首相官邸内に設けられた〈星室《スター・コート》〉と通称される大きな部屋に移った。多数の情報表示装置がそなえられたそこは、連邦にとっての緊急処置室であり集中治療室だった。もちろん患者はただ一人。人類領域そのものだった。

「ノヴァヤ・ロージナにおいて若干の政治的問題が発生しました」外務担当補佐官がいった。かれの背後には巨大な二次元型ディスプレイがあった。三次元情報の把握力には個人差があるため、二次元ディスプレイは二二世紀末においても多用されている。

「概況はすでに伝えられている」

夜会服姿のアークハートがいった。室内を見回す。召集をかけた者のうち、楕円形《だえんけい》の会議卓に着いているのは半分ほどだ。移動中の者たちは回線を通じて参加している。

「すでに判明した現地の状況だけを報告したまえ」

「はい、首相閣下」サミュエル・ワシントン外務担当補佐官は黒い肌にわずかな緊張の色をうかべつつ答えた。そのあたりは連邦首相だったかれの叔父にそっくりだった。

ワシントンはいった。

「ノヴァヤ・ロージナ唯一の可住惑星リエータで連邦からの分離独立をとなえる市民団体による実力行使が発生しました。市民団体は惑星上の星系政府施設、そのほとんどすべてを占拠、現地の実権を掌握《しょうあく》した模様です」

ワシントンはポインティング・リングをはめた指を屈伸させた。背後の大ディスプレイにリェータの概況図が表示される。惑星全土はメルカトル式に描かれていた。占拠されたものとみられる施設・地域が赤で表示してある。赤い表示はサンクト・コロリョフスカに集中していた。当然だった。リェータにはコロリョフスカ以外に大都市は存在しない。

ワシントンは指の屈伸を再びおこない、リェータの首都を拡大する。横二〇メートル、縦一〇メートルの大きさのディスプレイいっぱいに市街が表示された。

「ほとんどやられてますなぁ」

感心したようなつぶやきを室内の東洋人、その一人が漏らした。特別戦術局《STA》の浅丘局長だった。事実上、調査部《STARS》の部長でもある。連邦宇宙軍からSTARSへ引き抜かれ、そののちに猟官制度の対象者になったという変わり種だ。連邦がこの一五年間におこなった後ろ暗い活動、そのほとんどすべてに参加、あるいは知悉《ちしつ》している。

「たしかに、見事なものです」ワシントンは同意してみせた。「星系政府ビルをはじめ、警察署にいたるまでほとんどが同時に占拠されました。占拠した市民団体はノヴァヤ・ロージナ独立人民連合と名乗っており――」

「〝政治的に正しい〟表現は気にしなくともよい」アークハートがいった。「好きなように話したまえ。その程度の想像力は持っている。すべての形容が文字通りの意味で使用されているとと信じるほどわたしは愚かではない。他の諸君もわたしの見解に同意してくれるはずだ」

「ありがとうございます、首相閣下」ワシントンはちらりと白い歯をみせた。「叛徒は現地を完全に掌握、声明を発しました。連邦からの分離独立と連邦勢力の完全撤退を要求しています」

「それだけなの？」入室してきたばかりの女性が質問した。ユリア・フォン・クライスト外務大臣だった。雄ライオンのたてがみのようなスタイルに金髪をととのえている。外見は昔ならば三〇代から四〇代というところだが、実年齢はその倍だった。頬はいくらか上気している。ひどく不機嫌そうな表情を浮かべていた。

「いいえ、閣下」ワシントンは乾いた声で答えた。「声明文は各星系に分離独立運動——叛乱《はんらん》への参加をよびかけています。わたくしは、その影響力について危惧《きぐ》を抱いております」

「シルキィ、リベリオン、ファン・カルロス・スター」クライストは星系名を口にした。

「南方星域群であやしいのはそのあたりでしょう」

「リベリオンはずいぶん離れていますが」ワシントンがいった。リベリオンは南方星域群東部にある豊かな星系だった。

「だからこそよ」クライストは断定した。「かれらにはそれだけの力がある」

「他の星系は動いているのかね?」アークハートが訊ねた。「現地からの報告がはいってまだ一五分なもので」

「まだ情報が届いていません」ワシントンはいった。

「気にすることはない。いかなわたしでも、君に物理の神々がさだめた法定速度を破れとはいわない」アークハートは生真面目な表情をつくっていった。たとえハイゲートがあっても、星系内空間では秒速約三〇万キロを守らねばならないことは常識以前の問題だ。つまり地球連邦首相はかれなりの冗談を口にしたのだった。

「はい、首相閣下。政務担当補佐官にかわります」ワシントンは脇に控えていた男に場所をあけわたした。

「政治的影響についてはまだ判断がつきません。誰にでもわかるようなことがいえるだけです」李大善政務補佐官がいった。

「そのために納税者は君に俸給を払っているのだ」アークハートがいった。「気にせず、述べてよろしい」

「ありがとうございます、首相閣下」李は一礼し、続けた。「まず、連邦はこの事態を放置できません。積極的な介入、それ以外の方策はありえないと自分は判断します。放置は連邦の崩壊につながります。ただし、介入の方法が問題です。政治的影響力の行使にとどまるのか、実際になにかを動かすのか、そのあたりの判断にはいますこし情報が必要です」

「昨日付の情報要約に含めておいた情報ですが」ダヴィッド・ヘハウィストFIA長官が口を挟んだ。かれの率いるFIAが閣僚・高級官僚に配布している日施政治・経済情勢報告のことをいっていた。配布対象者はそれに必ず目をとおさねばならないという規則があった。といっても時間はかからない。感覚装置の脳内投影でもってごく短い時間のあいだに〝読む〟ことができる。

「シルキィとノイエス・ドイッチェラントで数日前から星系軍の演習が始まっています。特に前者のそれは大規模なものです」

「目的はハイゲート防衛演習であります」地球連邦軍統合幕僚本部長アドナン・ケルラリオス大将がいった。現在の地位へ三〇年ぶりについた地球出身者だ。といっても、ケルラリオスが生まれ故郷のトルコで過ごしたのはほんの数年にすぎない。その後は軍に入るまでラグランジェ5の軌道植民地で育った。四半世紀前におこなわれたネイラムの奇襲で大穴を開けられた植民衛星の一つにかれの親族と友人、そのほとんどすべてが住んでいた。

「すくなくとも、こちらにはそう通告しております。演習には連邦宇宙軍の観戦武官も参加しています」ケルラリオスはいった。

「しかし、観戦武官は即座に拘束できる」ヘハウィストがいった。

「その点についてては反論できません」ケルラリオスは頷いた。濃く黒い眉毛はしかめられ、目はほとんど影になっていた。現在の連邦宇宙軍には、このような緊急事態に対応できる予備兵力はほとんどない。

アークハートが小さくうなずくと李補佐官は脇へさがった。かれはヘハウィストに訊ねた。

「情報はどの程度漏れている?」

「漏れているもなにも」ヘハウィストは肩をすくめた。「連中、声明文をVネット経由で人類領域すべてに流しました。一〇分前に確認され、五分前に真偽判定も終わっています。今頃は異星人も知っているでしょう」

「連中の声明文を映せ」アークハートは命じた。

ディスプレイの表示が切りかわった。かれはそれを素早く読み、皮肉たっぷりの笑みを浮かべる。

「〝宇宙のすべての関節を解き放ち〟、か」

「すくなくとも、革命政権にはジョン・ダンを覚えている者が参加しているようですねぇ」浅丘が子供のいたずらを目にしたような顔でいった。「解釈は間違っているが、革命の闘士にとっては適切な表現かもしれない」

「革命政権ね」アークハートは溜息を漏らすようにいった。「つまりわれわれは打倒されるべき旧勢力、悪逆非道の帝国主義者というわけだ」

「ともかく、こちらの情報を漏らさぬことです」浅丘がいった。「連邦がどう動くのかわからなければ、付和雷同する連中だけは食い止められます」

「情報の統制には最高裁の許可が必要よ」クライストがいった。「それなしでは連邦基本法に違反するわ」

「内規で対応できる範囲でいいんです」浅丘は両手を胸の前でひろげてみせた。「とりあえず、こちらが何を考えているか、相手が疑問を抱けば充分です。本当は、何か考えていること、それすらわからないのが望ましいのですが、まぁ、そこまでは望めないでしょう」

「だろうな」アークハートは背後に控えていた秘書官に視線を向けた。

秘書官がいった。「メディアの取材申しこみが殺到しています。Vネットの連邦政府エリアにも一般からの質問が多数よせられています。早急に対応しない場合——」

「面倒なことになりますね」李大善が口を挟んだ。「メディアはあれこれと勘ぐるでしょうし、Vネットも〝公式発表はありません〟を表示しているだけですから。最悪の場合、次の選挙で」

「最悪ではないな、それは」これまで黙っていた男が口を挟んだ。全員がそちらを見た。

「どういうことですか？」李が訊ねた。挑むような口調だった。

「最悪の場合、次の選挙そのものがなくなる。すくなくとも、われわれが出馬できるような選挙はね」小早川泰典は答えた。かれは通商大臣だった。

「叛乱が拡大すると？」クライストが訊ねた。

「その可能性はきわめて高い」小早川は断言した。不思議そうな表情で周囲をみまわし、訊ねる。「われわれがこの場に集められているのはそれを食いとめるためではないのか？」

アークハートは苦笑を浮かべた。かれが政治家を職業として考えていないからだ。嫌になれば、とを平然といってのける。小早川は並の政治家や官僚であれば口にしたがらぬこN・1に帰り、家業の農業に戻ればよい、本気でそうおもっている。兵学校で一期上だった柳田元帥《げんすい》の跡目を継ぐものとみなされていたかれが中将で現役から退いた理由も同様だった。であるからこそ、アークハートのような男の友人になれたのだった。

「ならば、君の腹案は？」アークハートはいった。

「簡単です」小早川は答えた。「首相権限でシルキィ星系軍を連邦軍に編入、ノヴァヤ・ロージナに送りこむのです」

「それじゃあ、連中の思う壺《つぼ》よ」クライストがいった。「シルキィはノヴァヤ・ロージナで何がおこるか知っていたに違いないわ」

「非常事態権限法では首相権限による星系軍の動員規模は二星系までと限っている」小早川はいった。「もうひとつ、動員してしまうべきだろう。そしてその星系軍がシルキィ人民軍よりも先に現地へ到着していればよい」

「規模が小さければ意味がありません」ワシントンがいった。「ノヴァヤ・ロージナの連中に、こちらが弱気だとうけとられます。シルキィも同じように考えるでしょう」

「N‐3だな」アークハートがいった。

「はい、首相閣下」小早川は頷いた。かれは人前では絶対に友としての態度を見せない男だった（アークハートもその点は同様だった）。

　小早川は続けた。「そうした条件を満たす星系はN‐3しかありません」

「しかし、先端部でこれ以上N‐3の発言権が増大してしまうと」クライストが反対した。「他の星系が――拗《す》ねますわ。不安定化の原因になります」

　アークハートはまさにそうだといわんばかりに眉毛をあげてみせた。

「それこそがこちらの狙《ねら》いなのだ」小早川がいった。「文句をつける者は、それなりの代案を提示しなければならない。代案がなければこちらの手にのって被害を最小限にとどめるしかない。そしてこの問題におそらく代案は存在しない。つまり周辺有力星系は自主的に星系軍の連邦軍編入を申しでることになる。誰も革命政権とやらと連携できなくなるわけだ。むろんシルキィも先端部での権益拡大は不可能になる。そして誰もが知るとおり、Nシスターズは軍事力の政治的効果について歴史的な不信感をぬぐいきれない。N‐3の行動が問題になるのは、むしろ事態がおさまったあとだろう」

「たしかに、それはいえますね。よほどうまく口説く必要があります」浅丘が補足した。

「Nシスターズでは軍事力の効用に慣れることについて、まぁ、気恥ずかしさのような感情があります。それが楽しすぎる遊びであるという歴史的経験を持っているのです」

浅丘の言葉を聴いたアークハートは微苦笑を浮かべた。軍事力にそれほどの不信感を抱いている日系星系が、なぜ多数の人材を連邦宇宙軍におくりだしているのか訊ねたくなったのだった。そもそも日系星系の生みの親である日本という国は、対外戦争を極端に制限する法律を維持したまま〈接触戦争〉の大殺戮へ喜々として参加した国なのだ。

「現状で軍事力の投入を云々《うんぬん》するのは」宙務大臣のロプサン・パンディタがいった。「早手回しが過ぎないか。まず、向こうの連中と接触をはかって」

「問題はノヴァヤ・ロージナではない」アークハートはいった。「各星系の内政は、その星系が連邦基本法に抵触しない限り介入できない。たとえ連中が連邦からの分離独立を唱えていても。連邦――人類領域の安定にとって重要なのは、ノヴァヤ・ロージナの騒動を利用して権益の拡大をたくらむ輩《やから》をおしとどめることだ」

「なんともはや、われわれは印象をつかみにくいものに奉仕しているのですな」ヒマラヤに住んでいた先祖を彷彿《ほうふつ》とさせる浅黒い顔面に皮肉の色を浮かべつつパンディタがいった。

「ノヴァヤ・ロージナが過剰に反応した場合は、どうされます」

「星系内に兵力を展開してしまえばあとはどうとでもなる」

「吹き飛ばすとでも?」パンディタが訊ねた。

「それが人類の生残性を高めるならば」アークハートは頷いた。「たとえその対象が、わが故郷、ヴィクトリアでもね」

パンディタは笑みを浮かべ、アークハートにいった。

「であるならば首相閣下、わたくしのことを、あなたの股肱《ここう》の臣《しん》と考えていただきたいものです」

「よろしい」アークハートはいった。「シルキィ、N‐3星系軍を首相権限で連邦軍に編入する。ワシントン君、ただちに発令したまえ」

「はい、首相閣下」

「出動命令はださないのですか？」クライストが訊ねた。

「大将、星系軍の出師準備《プット・トゥ・スター》にはどの程度の時間が必要だ？」アークハートがいった。

「シルキィ人民軍は四八時間以内に行動できます」ケルラリオスは答えた。「これに対して、N‐3は一〇〇時間で戦隊規模の艦隊兵力を整えられます。陸戦隊は旅団規模、でありましょう。かれらがわれわれに伝えているデータからはそう判断されます。こちらの通信がN‐3への着信に要する時間は約一〇〇時間。星系内空間の移動時間とロスを加算しても、二五〇時間程度で第一陣の現地展開が可能とおもわれます」

「一〇日半か。すぐに動ける部隊はないのか？　連邦軍のものをふくめて」

「我軍は近傍星系にほとんど戦力を展開しておりません。すでに一個戦隊を演習の名目で現地に向けていますが、これは到着に二週間ほど必要であります。その他は星系連絡部と予備兵器管理部隊があるだけで」

「予備兵器管理部隊？」

「第一種および第二種保管艦として現役を外れた旧式艦艇の管理部隊であります。ノヴァヤ・ロージナ近傍ではN‐3に駐屯《ちゅうとん》しております。錨地《びょうち》は外惑星――N‐37の軌道上。当該部隊に与えられているのは四隻の哨戒艇《しょうかいてい》と二隻の旧式工作艦だけであります。保管艦は約二〇〇隻ありますが、いずれも実働状態にありません。短時間での現役復帰は不可能であります」

「それでかまわない」アークハートはいった。「シルキィが暴発するよりも先にこちらが動いている必要がある。その管理部隊とやらにノヴァヤ・ロージナへの移動命令をだしたまえ」

「首相閣下、現地到着は約一二〇時間後になります」ケルラリオスはいった。

「完全な戦力を整えたのちにすべてを失うよりはましだ、大将」

「はい、首相閣下」

「出動の名目を決めておかれた方が？」ワシントンが口を挟んだ。「だんまりのままだと、メディアが先走る可能性があります」

「なにか、声明をだされるべきです」同意するように李がいった。「メディアを安心させ、かれらの想像力に枷《かせ》をはめるために」

「事態収拾のため必要とおもわれる手段をすべてとる、そう発表したまえ。展開する兵力の目的は、そうだな」アークハートはいった。周囲をみまわす。浅丘と視線が合った。アークハートは片眉をあげてみせた。

「現地の一時的混乱を回復するための人道的支援」浅丘は答えた。「一時的、と人道的という形容を特に強調して」

「よろしい、当面はそれでいこう。発表したまえ」アークハートは奇妙な微笑を浮かべつついった。「ただし、一時間後にだ」

秘書官がかれの背後にやってきた。囁《ささや》く。

アークハートの表情が曇った。かれはいった。

「映せ」

会議卓の中央に立体映像が映しだされた。多方向表示であるため、着席している誰の目にも同じ映像が見えている。

〝信頼すべき筋によれば〟女性レポーターはいった。〝地球連邦政府はノヴァヤ・ロージナへの積極介入を決定したとのことです。この決定には、首相権限による星系軍の動員も含まれています。同筋はさらに……〟

アークハートは渋面《じゅうめん》をつくった。いくらなんでも滅茶苦茶だ、とおもう。

「ここまでくると現実性がないな」かれはいった。「つまりこの部屋に監視装置があることになるじゃないか」

「……わかりません」誰かの声が聞こえた。

アークハートはそれを聞きのがした。訊ねる。「なんだって？」

全員がアークハートに視線をあわせた。同時に口を開き、いった。

「非常時には何がおこるかわかりません、首相閣下」

アークハートは室内をみまわした。溜息をつく。肩をすくめていった。

「状況中止。中止だ」

星室とそこにいた人々は瞬時にして消え去った。

中止。終了。終了。

シミュレーションの起源は人類史の遥かな過去にある。その概要は、二二世紀末時点、つぎのように理解されていた(ここでいっているシミュレーションとは、オペレーションズ・リサーチの一手法としてのそれより幅の広い概念をふくんでいる)。

それが具体的なかたちをなしたのは紀元前五〜三世紀ごろのインドが初めてだった。抽象的思考に長《た》けたインド・アーリア人たちによってつくりあげられたチャトランガと呼ばれるゲームだ。これが扱っているのは、人間——特に男性にとってもっとも心躍るもの、闘争だった。チャトランガは当時のインドにおける軍編成を模した駒を用いたウォー・シミュレーションだったから当然だ（原点を古代インドには置いたが、二二世紀末におけるシミュレーションの概念は、かならずしもフォン・ノイマン的なものではない）。

チャトランガは各地へと伝播《でんぱ》した。アジアへとひろがったそれは将棋《しょうぎ》として完成し、ヨーロッパにつたわったものはチェスと呼ばれるものになった。いうまでもなく、ゲームとしての完成度も高まっている。しかし、それがテーマとしていたものはあいかわらずだった。ゲームに用いられる駒には種類（つまり兵科）があり、その可能な動き（機動力）は異なっていた。ひどく抽象化されたかたちで戦力すら与えられていた。人々は盤上で展開される戦争を飽きることなく楽しみ続けた。

チャトランガ（そして他の様々なもの）によって世界にひろまった現実のシミュレーションという概念はあちこちで応用された。当然、その最たるものは軍事においてだった。

軍事シミュレーションはおもに欧州で発展した。アジアでは停滞した。アジアには孫子《そんし》が——かれの言葉を弟子たちが編纂《へんさん》した書物があるからだった。戦争に必要なすべてはそこに記されていた。

欧州の軍事シミュレーションは絶え間なくつづく戦争——その現実の影響をうけつつ、段階的に発展した。

それを完成の域に高めたのはプロイセン参謀本部だった。ナポレオンという天才に秀才の集団で対抗し、勝利したかれらは、秀才とは努力をおしまぬ者のことであると知っていた。かれらは、クリーク・シュピールと称される軍事シミュレーションをつくりあげ、秀才たちの訓練の活用した。この、本物の地図と軍事データをもちいておこなわれるシミュレーションはたいへんに実用的なものであり、その有効性はナポレオン三世に対するプロイセン軍の圧勝で証明された。そして世界中の軍隊が図上演習の名でそれを採用するようになった。

クリーク・シュピールにも欠点がないわけではなかった。それは、プロイセン――ドイツの軍事学がドイツ観念論の明確な影響下にあることだった。たとえば大日本帝国のように、軍事における神秘主義や理念化のいきすぎといった弊害を生じた国まであった。

観念論の害毒に気づき、それをとりのぞく努力をおこなったのは合衆国と英国だった。合衆国、特に海軍は地図へ部隊位置を記入するという方法が専門的にすぎると判断し、艦艇を駒でしめすという兵棋《へいぎ》演習を採用した。二〇〇〇年以上の時を経て、軍事シミュレーションはチャトランガへと回帰したともいえる。

一方、英国ではまったく別の方向へと努力が傾けられた。軍事問題を数学的に処理したのだ。それはオペレーションズ《O》・リサーチ《R》という手法として完成し、第二次世界大戦中、防空戦や対潜作戦に大きな成果をあげた。

第二次世界大戦はクリーク・シュピールの欠点を独自の手法で是正した二国の勝利に終わった。なかでも合衆国は、この勝利によって世界最強の国家となる。合衆国は兵棋演習にくわえてＯＲもとりいれ、二〇世紀後半の世界を支配した。その覇権の拡大と維持にあたっては特に後者が重視された。現実を方程式で解いてしまえるというＯＲの売り文句は、当時のアメリカ人の好みに合致していた（専門家たちは、ＯＲが意思決定を補助するものにすぎないと説いたが、一般の認識は魔法の呪文《じゅもん》にたいするそれと大差なかった）。こうしてＯＲの手法は社会のありとあらゆる分野へとひろがっていく。

とはいえＯＲも万能ではなかった。

それはたしかに有効ではある。方程式に代入される数値が正しいものであるかぎりは。だが、現実の政治、軍事、経済活動の問題は、数値が（現実認識が）あやまっていることからこそ発生するのだった。たとえば二〇世紀末、ＯＲ的手法でおこなわれる国際政治分析はまともな結果をだしたことがない。対立しあう国同士がいとも簡単に手を結ぶような結果がでた。

軍事分野でも問題があった。ソヴィエト社会主義共和国連邦の軍隊では、ありとあらゆる戦闘のパターンを分析し、それを方程式化していた。その方程式を成立させるに足る兵力をととのえ、戦争に勝とうとしたのだった。

しかしながら、かれらが経験した実戦で現実が方程式どおりになったことは一度もなかった。そして方程式が要求した兵力規模はあまりに膨大なものであり、ついには国家そのものを破産させてしまった。

こうして疑問がうまれた。ORは、人間の個性が強い影響を与える複雑怪奇な事象をまともに解析できないのではないか、という疑問だった（考えてみれば政治、その部分を為す戦争はまったくそのとおりだった）。そこにはもちろん、人間の行動を偏微分方程式などで解釈されてたまるか、という感情的反発も含まれてはいる。

こうしてあらたなシミュレーション手法の要求が生じた。

しかし人類は、二〇世紀中にそれを解決することができなかった。膨大なデータをそろえ、たとえば戦時、実際に決断をくだす立場におかれる人々を参加させておこなうシミュレーションの有効性が確認された程度だった。それとて完璧ではなかったが、すくなくともそこには、もっとも複雑な行動をおこなうもの——多数の人間が参加していた。その点において現実に即しているといえた。

二一世紀はシミュレーションにとって統合の時代だった。孫子の兵法、クリーク・シュピール、兵棋演習、オペレーションズ・リサーチのすべてがひとつの概念のもとでまとめられていったからだ。それは世界中をつなぐまでに発達した電算機ネットワークの出現とその高度化によって初めて可能になった。人間が参加し、明確な原則があり、高度な抽象化がほどこされると同時にインターフェースは具体的（現実的）なものが使用されており、個々の事象については科学的な裏付けがある、そういったものになった。これが〝ゲーム〟だった。数百、数千の人間と何基もの大容量電算機に対立する役柄をあたえておこなわれるそれは、特に地球連邦の創設期に大きな影響をおよぼした。

〈接触戦争〉は人類史上初の対異星人戦争だった。と同時に、人類が同族に対してなしたもっとも大規模な殺戮でもあった。人口密集地に対して無差別反応兵器使用を含む報復攻撃を実施した地球連邦の行動については、一世紀半を経た現在も批判の声が多い。しかし地球連邦という組織は、その批判に対してひどく鈍感なところがあった。異星人撃退後の同族殺戮はただ復讐心《ふくしゅうしん》からおこなわれたものではないからだ。国連軍の奇襲――先制反応兵器攻撃に生き残ったかれらのコンピュータ・システムをもちいておこなわれた〝ゲーム〟が、その判断を支持したからこそ、殺戮を実施していた。そして、ゲームが支持した行動は、実際に地球連邦を生き残らせたのだった。

結果、〝ゲーム〟は発展した。技術と時代の要請に合わせ、ますます高度に、複雑になっていた。軍は画像演習と称されるかれらのゲームを開発し、さまざまな要素を組み合わせ、だれ一人として傷つくことのない無数の恒星間戦争を戦った。そして第一次オリオン大戦における引き分けをかちとった。政府も同様だった。緊急事態にそなえ、政府の枢要部署にある者すべてが〝ゲーム〟への参加を義務づけられるようになった。なにがおこってもパニックに陥ることだけは避けるためだった（同じような訓練を社員にもとめる企業も少なくなかった)。地球連邦首相もその例外ではなかった。

イアン・アークハートは光電算機と職務上の会話をかわすことを好まなかった。自分が莫迦になったような気がするからだった。

もちろん昨今の光電算機は嫌になるほどレベルの高い自己推論能力を有している。ソクラテスやアインシュタインといった偉人たちの人工人格を付与し、その立体動画を表示しつつ、懸案について議論を戦わせることもできる。実際、人生の節目において、そうしたものを必要とする人々は無数にいた。これは光電算機の出現によって精神分析医が絶滅に追いやられた影響もある(要するに精神分析医とは金を払って雇う〝腹を割って話せる友達〟だからだった)。

しかしアークハートは、趣味以外の目的で人工人格に接しようとはしなかった。光電算機はセンサーで人間の感情を読んで、それに即した受け答えをするからだった。つまりは自画自賛を目的とした独り言のようなものではないか、それがアークハートの人工人格に対する認識であった。かれは何かの力でも借りねば独り言もつぶやけないような者はよほどの莫迦か無能だと考えていた。人工人格の追従《ついしょう》にも我慢がならなかった。かれが許せるのは、純粋な娯楽としてのそれだけであった。

事実、アークハートは、Vスペースのなかへ完全に趣味的な空間をつくりあげ、そこでわずかな慰めを得ることを好んでいた。道楽としてならばその愚かさを受けいれることができた。Vスペースで、自分の楽しみだけを目的として再現した歴史上の人物に出会い、現実とは無関係な会話を楽しむ。かれが許容できるのはそこまでだった。かれはVスペースを、廃墟《はいきょ》趣味の英国式庭園や情景模型の現代版として認識していた。

感覚装置をとりはずしたアークハートは周囲をみまわした。かれは〈星室〉にいるのではない。首相執務室にいる。そこはごくごく簡素な調度と、高性能情報表示装置で飾りつけられた場所だった。若い頃にVネットで覚えたウィンストン・チャーチルの言葉をおもいだす。たとえ快楽と奢侈《しゃし》に耽《ふけ》ることがあろうとも、粗末な家庭に勝る場所はない。

アークハートはタッチ・センサーがおさめられたデスクの隅を叩いた。地球連邦旗が表示されていた壁面ディスプレイの一画に秘書官の顔が映しだされる。秘書官は訊ねた。

「閣下？」

「〝ゲーム〟についてだ」アークハートはいった。

「すぐに参ります」秘書官の顔が消えた。扉がひらき、本人が入ってきた。

「担当者にどう伝えますか？」エルファセリオス・カラマンリス秘書官は訊ねた。浅黒い肌を持つギリシア系の男で、もう一五年も——アークハートが野党の実力派議員だった頃から——秘書役をつとめている。

「今日の想定はなんだった？」質問を無視してアークハートはいった。

「地球連邦政府戦略想定725‐Bです」カラマンリスは答えた。「同時多発型叛乱。理念的優位は連邦にあります」

アークハートは頷いた。「概要を表示してくれ」

「はい、首相閣下」カラマンリスは頷いた。「機密指定対象ですので、本日のアクセス・フレーズをおっしゃってください」

「〝進歩した科学は魔法と同じ〟」アークハートはいった。

「それは昨日のフレーズです」

「そうだったな」アークハートは口元をゆがめて答えた。わざと間違えてみせたのだった。かれにはそういう面があった。正しいフレーズを口にする。

「〝すべての科学は人間の知恵と一致する。それは常に同一不変〟」

「確認しました」

ディスプレイの表示が切りかわった。まず表題が示される。

FEDERATION EARTH STRATEGIC STUDY SCENARIOS
FESSS/CASE 725 A/B/C/D
SUBJECT:
WAR AGAINST COLONIAL STAR SYSTEMS
(SOUTHERN SECTORS GROUP)

「このまま725‐Bを表示しますか?」カラマンリスが訊ねた。

「サブ・ケースの概略は?」アークハートは質問した。

「725‐Aは星系単独の叛乱。725‐Bは星域単位の叛乱。725‐Cは星域群単位の叛乱を扱っています」カラマンリスは答えた。

「ひとつ残しているぞ」

「725‐Dは」カラマンリスはいった。声にはわずかに臆《おく》する響きがあった。「複数星域群単位の叛乱です。理念的優位は叛乱側にあり、連邦の自主的な解体をも選択肢としています」

アークハートは頷いた。特に感情をあらわしてはいない。たしかに、複数の星域群が叛乱をおこすようでは、地球連邦の存在意義はないからだった。

連邦は人類の生残への寄与だけをその目的としていた。生残性向上により適した存在が登場した場合、連邦は解体を宣言することになっている。解体をどのように進めてゆくか、という計画も立案され、つねに研究がおこなわれていた。地球連邦は人類がつくりあげた最良の体制ではないかもしれないが、民衆の革命権を否定するほど狭量ではない。すくなくとも、その建前はいまだ変更されてはいなかった。

「かくて我らは遥かなる星々の際《きわ》に散り、満ちる、か」アークハートはいった。二〇世紀後半から二一世紀にかけての宇宙開発を扱ったマイナーな古典歴史小説の一節だった。

「なんとも心温まる運命ではないか？　みずからの引き際についてまで準備を整えている政治体制など、この銀河でさえそういくつもあるまい」

「でしょうね」カラマンリスは曖昧《あいまい》な表情を浮かべた。ポインティング・リングをはめた指を動かし、記録の準備をととのえた。「それで、閣下？　戦略想定研究所《SLL》にはどう伝えますか？　ノヴァヤ・ロージナ、シルキィ重視のシナリオ構成から変更させますか？」

「詳細は、どうでもいい」アークハートはいった。「シナリオの練り方が甘いと担当者に伝えておけ。突発事態と不条理な出来事の間には百万光年ほどの距離があるのだといってもいい。安易な積極介入の決定についても同様だ。理解できないようであれば担当者を罷《ひ》免《めん》しろ」

「はい、首相閣下」カラマンリスは頷いた。「お言葉をそのまま伝えても？」

「判断は君に任せる。官僚的手法で処理してくれてもかまわない」

「わかりました」カラマンリスは微笑した。戦略想定研究所の担当者が能力に疑いをもたれぬよう、今回は穏便に（非公式に）叱責を伝えてやれ、アークハートはそういっているのだった。かれは冷酷なまでの有能さで知られている男ではあったが、部下をただ一度の失敗だけを理由に罷免することだけは絶対になかった。カラマンリスもかつてその方針を適用されたことがある。

「それから」アークハートは机の隅を叩いた。ディスプレイに個人的メモが表示された。

「うむ」地球連邦首相は微笑を浮かべた。「その用件を済ませたら、帰宅したまえ。そしてもうひとつ用件をこなしてくれ。アラギリア・カラマンリス嬢に、地球連邦首相からのバースディ・カードとちょっとした贈り物を受けとってもらえればこのうえない喜びであると伝えるように。彼女の父親が帰宅する頃には家に届いている筈《はず》だ。そしてもちろん、お誕生日おめでとう、とも。もちろんこれらはすべて首相としての命令だ」

カラマンリスは生真面目な表情のまま頷いた。アラギリアはかれがようやくのことで得た娘だった。今日で五歳になる。

「了解しました。首相閣下」宣戦布告文の伝達を命じられたような表情のままカラマンリスは頷いた。微笑すら浮かべていない。アークハートがそのような態度を嫌うことをかれは知り尽くしていた。いつものように、難しい人だなとおもっている。

ひとびとはアークハートのことを嫌っている。それは確かだ。ことに、その精神に存する（と信じられている）冷酷な面が嫌悪されていた。

同時に、かれのことを尊敬もしている。その冷酷さが第一次オリオン大戦を名誉ある休戦というかたちで終わらせたからだ。アークハート政権がいまだ崩壊にいたっていない理由は、この、連邦市民の認識——高い民度によるところが大きい。

地球連邦第三七代首相について、より個人的な面から評価をくだす者たちもいた。カラマンリスのように、アークハートに近しい者たちであった。

誰もが知るように、イアン・アークハートはまったく古典的な意味での英国型教養人だった。多忙さのなかでも個人生活を重視している。みずからが好む事柄についてはたいへんに柔らかな決意でもって接することが多かった。そしてそれをごくかぎられた人々の前をのぞき、けしてあきらかにしなかった。かれの内部に存在する良識が、そのような軽々しい行為をゆるさないからだった。

その点において、アークハートはたしかに評価されるべき人物だった。教養と嗜好《しこう》に基づいた趣味があり、それをもっとも純粋性の高い遊技、道楽《ディレッタンティズム》として認識していた。そして、道楽こそもっとも恥ずべき人間的要素であることも知り尽くしていた。かれは落魄《らくはく》した資産家一族の鬼子《おにご》として育っているからだ。

つまるところアークハートは、誇りと諧謔《かいぎゃく》（つまり理性と知性）を有した男――紳士なのだった。かれは紳士たるの資格をまったく古典的な手法で獲得した。伝統を重んずる家庭と故郷によって醸成《じょうせい》された人間的資質に、みずからの手で稼ぎだした金をかけあわせた。連邦大学卒業後、故郷に帰ったかれは、保険請負人の助手という立場から現在に至る道を歩きだしたのだった。

アークハート自身もそのことを充分に自覚している。ヴィクトリアの田舎紳士が地球連邦首相になる過程で失ったものがあることも。かれは自分がどのような人間であるか、他者に教えてもらうつもりなどなかった。そのくだらなさも含めて。たしかにアークハートは冷酷な人間だった。だが、かれはまずもって、みずからにその規準を適用する男なのだった。

こうした奇妙なまでの人間的態度は、かれが連邦大学入学までの年月を過ごした故郷、ヴィクトリア星系の復古主義的文化政策によってつくりあげられたものかもしれなかった。言うなれば、アークハートは平等よりも公正という言葉を重んじる人間なのだった。やはり紳士と呼ばれるにふさわしい男なのかもしれない。かれの不幸は、自身の置かれている立場が、紳士たるを常に許すわけではないことだった。

「アラギリア・カラマンリスは閣下からのプレゼントが届くのを心待ちにしております」カラマンリスはいった。「何日も前から、そのことばかり話していました」

「それはまことにありがたい話だ」アークハートは頷いた。

カラマンリスは自分の娘にアークハートが毎年プレゼントを届ける理由を知っていた。地球連邦首相はそういう約束をアラギリアとかわしたのだった。

首相官邸で開かれたチャイルズ・ディのパーティで、ほんの数分だけ抱きかかえた時、アークハートは彼女にお嬢さん、お誕生日はいつかなと訊ねた。アラギリアはまだ三歳だったが、わけもわからぬまま今日、と答えた。

じゃあ、プレゼントをあげなきゃいけないねとアークハートはいった。アラギリアはうん、と答えた。結果、カラマンリス家の一人娘は、年に二度、誕生日を祝うことになったのだった。

アークハートは、せめて一人の幼女に紳士たる態度をとり続けることで自身に内在する良き公平さを維持しようとしているのではないか、カラマンリスはそうおもうことがあった。連邦市民たちがこの狷介《けんかい》きわまる紳士に部下や幼子《おさなご》への温情があることを知ったならば、政権維持がどれほど楽になるか、とも。実際、それを口にしてみたこともあった。アークハートはただひとこと、それは政治家として卑劣にすぎるやり口だな、と答えた。

「では、失礼します」カラマンリスはいった。

「ああ」アークハートは頷いた。

おそらく、今日もこのひとは一人で過ごすのだろうなとカラマンリスはおもった。地球連邦首相に家族はいない。かつては妻と娘がいた。が、彼女たちはテロリストの手によって爆殺されていた。二八年前のことだった。以来、イアン・アークハートはほとんど誰とも人間的交渉を持たなかった。かつて自分から妻子を奪った権力へ復讐するような熱心さでそれを求めてきただけだった。

カラマンリスは、美しい妻を持った新進気鋭の青年政治家、イアン・アークハートの姿をまだ覚えていた。その頃のアークハートは、連邦大議会改革の旗手と呼ばれており、少なからぬ数の連邦市民が未来の一部を託していた。

そしていま、人類の未来は孤独な王となったかれと共にあった。四半世紀にもおよぶ殺戮の果てに訪れた倦怠《けんたい》と混迷の時だった。

カラマンリスは王の間から退室した。いつものように、ちょっとした不安感が内心をかすめた。この自分が、〝ゲーム〟に含まれた人工人格なのではないか、という不安だった。

カラマンリスは苦笑した。もしそうだとするならば、すべては虚構ということになる。なんと興味深いことだろう。紀元前、ギリシアのスタゲイラに生まれた知恵深い髭男《ひげおとこ》ならばわが不安をどう説明するだろうか。いや、どうせなら、すでにいっぱしの哲学者であるアラギリアに教えを乞うたほうがよいかもしれない。彼女の返答は常に明快であるから。そうなのだ。わが娘こそ、二六〇〇年前から飽きることなく繰りかえされてきた議論にけりをつける人物に相違ない。すくなくとも一二歳になるまで、彼女にはその資格がある。

2

星系標準時午後三時ちょうど、かつての上官から夕食を一緒にしないかという誘いがあった。午後五時にきてもらえればありがたいという話だった。

サミュエル・リアディはそれを二つ返事で承知した。かれの元上官、マーガレット・ハリントン准将は独身者で、マイクロマシン以外のすべてを用いることにより、四八歳のいまも二八歳でとおるような外見を維持していた。彼女の手料理は贔屓目《ひいきめ》にみてもひどいものだったが、とにもかくにも、魅力的な女性と夕餉《ゆうげ》をともにすることにまさるものはない（リアディはその後についてはさしたる期待を持ってはいなかった）。ハリントンは、恋愛感情を抱いている異性に手料理を食べさせるような女性ではなかった）。

リアディは独身者用にしてはいささか広すぎる自宅を午後四時にでた。すでに夕方は終わりかけていた。K型主系列星リベリオンは、星系首都マーストン・ムーアの落ち着いた街並みの遠くへ姿を消していた。リベリオン第五惑星クロムウェルは真冬のただ中にあるのだった。

リアディは現役を退く際に軍から支給された金の一部で買ったマルティのスポーツ・カーに乗り、ハリントンの家に向かった。彼女の家はマーストン・ムーアの北部、公共住宅の多いブライド街にあった。リアディは自宅から五分ほど走ったレベラーズ・スクエアで車を停めた。そこにはちょっとした高級品の品揃えが豊富なことで知られるショッピング・センターがあった。かれはそこでブルー・ローズの花束とノイエス・ドィッチェラントのワインを二本買った。おそらくはさほどありがたくない話に帰結するだろうとわかってはいる。しかし、かれはルールだけは守っておかねば落ち着かない性分の男だった。かれがハリントン家の前に立ったのは四時五五分だった。

ハリントン准将の自宅は三階建てで、ヴィクトリア朝風にデザインされていた。ロックが解除され、音もなく開いた扉の向こう側に立っていたハリントンは、かつての部下が両手に持っているものを見てわずかに眉をあげた。

「純粋な好意と敬意の表明というわけですよ、マギィ」リアディはいった。

「好意の方が勝っているようね、サム」手土産を受けとりながらハリントンは答えた。ブルー・ローズの鮮烈な色合いは、彼女の白い肌とペイル・イエローの服によく似合っていた。とはいえ、ダーキッシュ・カラーのタイツ・パンツはいささか刺激的に過ぎるな――とリアディはおもった。すくなくとも、彼女がこちらの予想しているような話を切りだすつもりであるのならば。

リアディはいった。「理性は必敗するんです。感情に対しては」

「まぁ、あなたの幻想をどうこう批判するつもりはないわ」男の血圧を操るのに慣れた女だけに可能な発声でハリントンはいった。「わたしが細胞調整剤の服用をやめてからも同じことをいってくれるのならばね」

リアディは真面目な声で答えた。「脳が老化していなければ」

ハリントンは両手を腰にあてて笑い、さあどうぞとかれを招きいれた。

食事については両者ともまともな感想を漏らさなかった。リアディはこりゃまたずいぶん豪勢なと呟いたが、魚も野菜もどこをどう調理したらこうなるのだろうというありさまで、結局はワインばかりが進むことになった。

かれらはおもに共通の友人たちの近況について話をかわした。おかげでリアディがリベリオンの星系軍——鉄騎軍《アイアンサイズ》予備役に編入されてから数ヶ月のあいだに、軍の状況はさらにひどくなったことがわかる。星系政府は例の〝ニュー・モデル〟軍改革を進めているが、ろくなことになっていない。要するに、かつてアウラ5で勇名を轟《とどろ》かせた軍隊はどこかに消えてしまったという話だった。

「今度はあなたが話してくれる番よ」居間でリアディにグラスを手渡したハリントンはいった。

「話すといっても」リアディはグラスを手でもてあそびながら答えた。「星系安全保障にかかわるような内容じゃありませんよ。係累の死に絶えた独身男の不道徳きわまる行状記というだけで」

「もちろんそうでしょうとも」ハリントンは断定した。「ところで、傭兵《ようへい》部隊指揮官になる決心はついた？」

「なるほどね」リアディは笑った。グラスにはいったコニャックを飲む。どこかの地下室で造ったような味だった。ハリントン准将は軍人としても女性としても魅力的な人物といわれている。リアディは再認識した。味覚という一点をのぞけばまったくそのとおりだな。

「やはり、あなたでしたか」リアディは首を振った。「予備役編入から二週間もしないうちにそんな話がくるなんて、どうにも妙だとおもった」

「引き受けないでくれて、安心したわ」ハリントンはいった。「あなたがただの戦争屋だとはどうしてもおもえなかったの」

「冒険家かもしれませんよ」

「戦争が冒険だったのは大量殺戮兵器が登場する前までよ」

「傾聴すべき見解なのでしょうね」

「ええ」リアディは頷いた。「ちょっとした紛争や暴動のおきた貧乏な星系がどうして傭兵を欲しがるかわかる？　かれらの買える最強の大量殺戮兵器がそれだから」

「連邦宇宙軍からの妨害を受けずに済む？」

「そういうこと」

「どこかの政府の旗を掲げたほうがまだましですかね」

「冗談はおよしなさい。軍隊なんてすべてくだらないのだから。もっとも、この世にくだらなくないものなんてひとつもないけれど」

「やっと意見が一致しましたね」

「冷笑主義者党の党大会、その開会演説がようやく終わったの。ともかくも、同志と再会できて嬉しいわ」ハリントンはグラスを空にした。

「で、本題は？」

「あなたを予備役に追いやったのが誰か、知っているでしょう、サム」

「ええ」リアディはハリントンを見つめた。「あなたですよ、マギィ」

「話が早いわ」ハリントンは満面の笑みを浮かべた。「理由の想像はついている？」

「あなたの能力から想像できる可能性はあまりにも広範囲に及びます」

「政府は軍改革を進めているわ。政治改革のひとつとして」

リアディは頷いた。そのことはかれも熟知している。休戦直後の選挙で連邦からの分離独立（といっても、ごく穏やかな方法での）を掲げる協約党が政権を握って以来、リベリオンはまさにその名どおりの方向へ動きだしていた。政府機関、軍部からの親連邦派の排除がそのもっとも顕著なものだった。リベリオンでそのような政治行動が許容されることには理由がある。

太陽系から約七〇光年離れた自治星系リベリオンは二一世紀後半に植民が開始された。南方星域群東部が活発な開発対象となっていた時代だった。太陽系からのゲートスルー、その回数はN・1経由で六回、シルキィ経由で七回になる。

リベリオンの初期植民業務を担当したのは欧州宇宙局《ESA》というか、まあその残骸のような組織だった。移民主体は連合王国——英国であり、これは英国人がヴィクトリアに続いて手にいれた二つ目の星系だった。

当時の英国には重大な政治問題が存在した。王室の存続問題だ。前世紀末より極端なかたちで表面化した醜聞《しゅうぶん》はあいかわらずの調子で露見しつづけており、国民の一部に、清教徒革命当時にも似た王室不信を抱かせていた。異星人の襲来、〈接触戦争〉、地球連邦創設といった大事件のあいだ、一時的に昂揚した王室尊崇《そんすう》の念はほとんど消え去っていた。

事態を決定的なものとしたのは（まことに英王室らしい）性的醜聞だった。当時の英国皇太子《プリンス・オブ・ウェールズ》が、自分が情熱的な同性愛者であることを公にしたのだ。

英国の朝野は議論に満ちた。

英国には、個人の行動は他者の行動を侵害しないかぎり自由であるという尊敬すべき認識があった。ある程度以上の教育を受けたひとびとは特にそれを強く信じている。その点において皇太子の行為は批判されるべきだという意見が大勢を占めた。さまざまな信条を抱く国民に対し、自分はそのような人間であると押しつけるのは、王族として横暴にすぎるという意見だった。かれらは、同性愛者という事実にではなく、皇太子がその立場にふさわしからぬ（まるでかつてのアメリカ人のような）態度を示したことに怒りをおぼえた。

本来ならばそれは、最悪でも皇太子の廃嫡《はいちゃく》といった程度でおさまる問題だったかもしれない。しかし、英国政界が置かれていた状況がそれを許さなかった。

皇太子の同性愛者宣言は、国王、議会、内閣と移行してきた国政主導権が完全に首相のものとなろうとしていた時期におこなわれた。当時、国政を担《にな》っていたのは、労働党とウェールズ国民党の連立政権で、首相はウェールズ国民党党首であった。そしてかれは、英国に与えられた二つめの植民星系をどのように開発すべきかという問題を抱えていた（植民希望者が減少傾向にあった）。たしかに最悪のタイミングだった。状況はさらに悪化した。これまで自治権拡大について現実的消極論の立場にあったウェールズ人は、ヘンリー七世がボズワースの戦いでリチャード三世軍を打ち破る以前の意識に立ちもどったからだった。卑俗な報道内容で知られるあるメディアが、皇太子の愛人がウェールズ人男性であることを伝え、〝メソジストの英雄〟という見出しを掲げたことが原因であった。〝メソジストの英雄〟とはもちろん、かつてオリヴァー・クロムウェルに与えられた通称〝ピューリタンの英雄〟に引っかけたものだった。

ウェールズは自由意志の重視、禁欲的な倫理観を重んずるキリスト教、プロテスタント教会メソジスト派が多数の教徒を擁《よう》する地域だった。メソジスト派教会は教徒をそのように愚弄《ぐろう》する者たちと同じ星に移民はできないとまで声明した。

かくして性的傾向、歴史的対立、宗教、現実政治のすべてが絡みあった。英国皇太子の同性愛者宣言など、どうでもよくなってしまうほどの国民意識の混乱だった。

首相はこの状況を好機としてとらえた。新植民星系には、英国の現状に怒りを感じている人間を優先するという決定をくだした。

かれは世論というものを心得ていた。あらたな植民星系に、叛乱を意味する〝リベリオン〟という名前までつけてしまった。そこに、英国の現状に不満を持つすべての人々を〝自由意志〟で送りこもうとしたのだった。この星系にふたつあった可住惑星（第四惑星、第五惑星）にそれぞれウェスリー、クロムウェルと命名するに至ってはやりすぎの感すらあった。ウェスリーとはメソジスト派の開祖、ジョン・ウェスリーからとられたものだった。

結果からいえば、首相の政治的詐術《さじゅつ》は大成功をおさめた。かれは政権の長期的安定を確保した。それから一〇年のあいだに一〇〇万近い植民者がリベリオンへとなだれこんだのだった。

しかし、予想外の問題も発生した。英国王室が、叛乱などという不作法きわまる名の付けられた星系に王族を送ることはできないと宣言したのだった。ならばお好きになされるが良いと首相は返答した。特にウェスリーへ大量に植民者をおくりだしたメソジスト派が王制を肯定するアルミニウス主義の影響下にあることを考えるならば、まったく皮肉な結末だった。

こうして天空に二つの英国が誕生することになった。プリンス（プリンセス）・オブ・ヴィクトリアが名目上の君主である地球連邦自治星系にして英国領ヴィクトリア、地球連邦自治星系にして（やはり名目上の）英連邦参加国であるリベリオンの二つだった。だれもが予想したとおり、後者はひどく独自性の強い星系として発展してゆくことになる。ネイラム第一氏族との戦争中は〝人類の危機〟という名目ですべてがおさえられていたが、いまや危機は去り、将兵は帰国し、景気は悪化した。第一次オリオン大戦後初の総選挙で大勝利を得た協約党（正式名称はリベリオン人民協約党）は、市民の圧倒的な支持のもと、かれらの掲げる自治権拡大政策を現実にうつしたのだった。無論、最終的な目標は地球連邦からの分離独立であった。

「軍の反応はおとなしいものですね」リアディはいった。「我が鉄騎軍もその程度の民主主義的伝統は持っていたわけだ」

「当然よ」ハリントンは大きな笑みを浮かべて答えた。「面倒をおこしそうな人物はわたしがすべて予備役に放りこんだもの」

「目的は？」

「この軍改革――恒星間植民時代の新規軍《ニュー・モデル・アーミィ》ができあがったならば、我が星系の軍事組織はグレーザーを喰らった光電算機なみになるから」ハリントンはいった。「そして早晩、われわれは地球連邦と極端に緊張した関係に陥りかねないから」

事実だった。地球連邦は南方星域群東部に対してある程度の積極策をとっていた。リベリオンにおいてそれは特に強い。理由はリベリオンの政治状況だけにあるのではなかった。リベリオンのハイゲート03とつながっている未開発星系ＦＣＮ９２１５が、連邦の人類生残戦略に関わる可能性があるからだった。

地球連邦はあまりにも切実な恐怖にもとづいて成立した。故に、その政策は時に極端な形をとる。リベリオンとつながった未開発星系、ＦＣＮ９２１５の重視もそのひとつだった。

ＦＣＮ９２１５は単体で見た場合魅力のある場所ではない。そこのハイゲートはリベリオンとつながる01ひとつだけ、つまり袋小路だった。地球型惑星が崩壊したものとみられる無数の小惑星やガス惑星は存在しているが、可住惑星は持たない。調査を担当したユナイテッド・ギャラクティック・ディヴェロップメント社も、資源豊富なれど、当面は開発価値なしと評価している。

しかし、第一次オリオン大戦初期に地球連邦がおもいついたアイデアにとっては有力な候補地だった。連邦は、人類が異星人によって追いつめられた際の避難所を袋小路の星系に造ろうと計画したのだった。数百億、やがては一千億を突破するだろうと予想されている人類すべてを収容できる避難所であった。理屈としては理解できる。そこに全人類をかきあつめ、ただひとつのハイゲート防衛にすべての軍事力を投入しておけばよいからだった。

避難所はむろん天然のものではない。人工建造物が計画されていた。二世紀以上昔に、フリーマン・ダイソンによって唱えられたダイソン環天帯《リング》だった。

大雑把にいってしまえば、環天帯とは恒星という指にはめられた巨大な指輪のようなものだ。半径はその恒星系の生命居住可能域《ゴルディロックス・ゾーン》（軌道）と合致し、ひとびとは遠心力によって得られた環境（大気圏その他）を利用して恒《つね》に陽《ひ》のあたる指輪の内側に住む。無論のこと、その建造には膨大な資源が必要になる。星系内の惑星、そのほとんどすべてが資材として砕かれ、環天帯《リング》の材料として加工されてしまう。であるならば、ＦＣＮ９２１５のように、最初から資源が〝採掘〟された状態で存在している方が建造期間を短縮できる、というわけだった（もっとも、ＦＣＮ９２１５はＦ型主系列星であるため、最有力候補地というわけではない）。

もちろん二二世紀末の段階で計画が実働しているわけではない。建設開始は早くても二世紀後になるだろうと考えられている。

建造期間もまともに計算されてはいなかった（どう急いでも一万五〇〇〇年は必要という計算結果まであった）。まず、環天帯《リング》そのものが持っている物理学的な不安定要因を解決せねばならないからだ。それはほんのちょっとしたことで——恒星がわずかに活発な活動をしめすだけで安定を崩してしまう。現在は、恒星そのものを磁場のネットで包みこんで太陽風に含まれる水素を回収し、姿勢制御装置の燃料にしようというアイデアがもっとも有力だった。このほかには、星系空間すべてを包みこむような大きさの可動式太陽帆《ライト・セール》を張り、安定を確保しようというプランも存在している。ハイゲートを滑車がわりにして牽《けん》引《いん》するという構想もあった。そうしたアイデアを真面目に受けとるかどうかはひとそれぞれだったが、ともかく、環天帯《リング》建設計画は今日明日といったレベルで認識されているものではなかった。

このため、計画は連邦中枢のごく一部のひとびとに伝えられているにすぎない。しかし、人類絶滅回避を至上にして唯一の正義とする地球連邦はそれを妄想扱いなどできなかった。結果として、環天帯建設候補星系とその周辺に対しては、他の星域よりも強圧的な関与がおこなわれ、事情を知らぬ自治星系に反連邦感情を抱かせる一因となっている。リベリオンもそのひとつだった。


リアディは皮肉を含んだ発音で訊ねた。

「つまり、救国の英雄になれ、と？」

「英雄たちのひとりにね。大丈夫。あなたはそれなりに有名な人物だから。ハンゼとアウラで敵艦を二九隻も沈めたのだもの。望むなら、円卓に指定席をとってあげてもいいわよ」

「マーリンの席が面白そうだな」

「駄目。そこにはわたしが座るの。グィネヴィアという柄じゃないから。他の席ならばあなたの思い通りよ。面倒を引き受ける気があるのならばアーサーそのひとの席でも構わないわ。投票にさえかけてくれるのならば、この星系の名をアヴァロンに変えられるかもしれない」

「なるほど」リアディは立ちあがった。身長一八五センチのハリントンより一〇センチ以上低かったがそれを感じさせないものを備えているとわかる。かれの五代前の先祖は炭坑夫で、労働運動の指導者だった。

ハリントンはリアディの顔を見つめた。巌《いわお》に刻まれた彫刻のような顔だった。リアディは彼女の視線に気づくと表情を崩した。

「返答は？」ハリントンは訊ねた。

「まぁ、他にやることもありませんから」リアディは肩をすくめた。「問題は、軍に復帰するまで何をして暇をつぶすかですね」

「あら」ハリントンはおどけた声をだした。「わたしの愛人を務めてくれるんじゃなかったの？」

「それは御命令と解釈してよろしいのでしょうか、ハリントン准将？」

「そう解釈してもらって構わないわ、リアディ予備役大佐」

「了解しました。ただちに実行してよろしくありますか？」

「戦術上の判断は現場指揮官に一任します」

3

二週間ほど前から、奇妙なことがおこりはじめた。

まず、玄関脇の壁に小さな窪《くぼ》みができた。朝、父親が出勤する時にはなかったものだった。父親はそのことについて母親に訊ねた。母親もわからないと答えた。昼間は彼女も仕事を持っているからだった。学校に通っている子供たちも知らなかった。

父親は壁の窪みを調べた。窪みではなく傷であることがわかった。なにかが叩きつけられたことによってできたものだった。

父親は警察に連絡した。警察は二名の警官を派遣してくれた。おそらくたちの悪い悪戯《いたずら》でしょう、警官たちはそういった。このあたりにはぶらぶらしている若い奴も多いですからね。ともかく、戸締まりには気をつけてください。われわれも定期巡回の回数を増やしますから。

一〇日前、母親が突然、職を失った。明確な理由についての説明は受けられなかったと帰宅した彼女はいった。父親はコロリョフスカ市労働基準監督委員会に連絡をとった。委員会は近日中に調査員を派遣すると約束した。三日後に二人の調査員が家をおとずれ、母親に事情を訊ねた。若いほうの調査員は同情的だったが、年かさの女性調査員はそれほどでもなかった。

六日前、長男が顔を泣きはらせて学校から帰ってきた。母親は理由を訊ねた。学校でいじめられたのだと長男は答えた。

母親は学校に連絡をとった。教師の態度は煮え切らないものだった。彼女は学校に押しかけた。息子の担任教諭は無責任な言動に終始した。途中で話に参加した数名の教師は母親の訴えがもっともなものであると頷き、これからはわれわれが気をくばりましょうと約束してくれた。

そして三日前、父親が失職した。その理由についてはある程度の説明がなされたが、けして充分なものではなかった。父親はふたたび労働基準監督委員会に連絡した。相手はあの女性調査員だった。父親は事情を説明した。彼女は多忙なので早急な調査は難しいといった。父親は怒り、他のひとにかわってくれ、このあいだの若いひとをだしてくれといった。画面のなかの彼女は顔を強《こわ》ばらせ、かれは辞めたと答えた。

それから二日のあいだ、父親は関係のありそうな公共機関や力を持っていそうな友人知人のすべてに連絡をとったが、一向に埒《らち》があかなかった。同情的な人々は少なからず存在したが、そうした人々に限って、なんの影響力も持っていないようだった。

そして今日、父親は労働基準監督委員会へと直接出かけた。結果は——まったくの無駄足だった。かれと似たような用件を持ちこんでいる人々でいっぱいの受付にいた職員は、部屋の壁に並べられた入力装置を顎で示し、そこに用件を入力するようにといっただけだったからだ。

父親はまっすぐ家に帰らなかった。帰ることができなかった。絶望感があまりにも強かった。

かれは可能な限りの努力をかさねて、これまで生きてきた男だった。過去のすべてに満足しているわけではもちろんない。しかし、自分に特別な能力があるわけではないことも判っていた。であるからこそ、そんな自分が、学校を卒業し、兵役を済ませ、それなりに仕事をこなし、妻子を持ち、ついには家を手にいれたことに誇りを持っている。そのような機会を自分に与えた社会への信頼も抱いていた。

しかし社会はかれの信頼を裏切ろうとしている。休戦の実現、平和の到来によって噴きだしたさまざまなもの。そのすべてが徒党を組み、自分のこれまでを押しつぶした。そしてかれにはこの現実に対してとることのできる対抗策などない。

無力感に包まれた父親はバァに寄った。ウォトカの瓶を空けているうちに、もっとも考えたくなかった問題が内心で大きく膨らみ、飲んでいられなくなる。

家族が心配になったのだった。

父親が家に帰り着いたのは午後六時過ぎだった。家が燃えていると知ったときは狂ったようになった。有り難いことに家族は無事だった。

かれはようやく気づいた。というより認めたくなかったことを認めるしかなくなった。自分たちに好意的だったのは、みな、同じ立場の人々だったのだろうと父親はおもった。

かれはCだった。

4

ベクトルの合致にさしたる手間はかからなかった。艦載光電算機がすべてを片づけてしまった。

それぞれ九八メートルの直径をあたえられた物体は自治星系ノイエス・ドィッチェラントの星系内空間で編隊を組んだ。といっても形状がみな同じというわけではない。共通しているのは、ゲートスルーのため、先端部が尖った形状をしている点だけだった。

正体不明のゼロ時間移動域ゲートホールは、ハイゲートの内周円、その中心部から生成される。航宙艦はそれに適した形状を設計上、強制されていた。船体の前半が艦首の尖った流線型を描いているのはそれが理由だった。船体そのものが直径一〇〇メートル以下の円周内におさまるようデザインされるのも同じだ。ハイゲートによってあけられる穴、ゲートホールの直径が一〇〇メートルしかないからだった。ハイゲートは直径一〇〇メートル以上の航宙艦、そのゲートスルーを受けつけない。

四つの物体――分割された船体各部は、全長約一〇〇〇メートルの巨大な格納庫船体《ハンガー・ハル》を中心とした編隊を組んでいた。他の、それぞれ全長六〇〇メートルに達する補助船体はその周囲を取り巻いている。センサーでそれぞれの位置とベクトルを再確認した光電算機はドッキングの許可をだした。ドッキング・センサーが作動。レーザーを発射し、相互の位置を確認した。四つの船体、その各所から合体用アームが突きだされる。

三つの補助船体の前後から姿勢制御用ガスが噴きだし、中心をなす格納庫船体に接近した。合体用アームが作動したのは同時だった。四つの船体は、ノイエス・ドィッチェラント航宙軍《クリークス・ラウム》攻撃型《ART》航宙母艦〈エーリヒ・ハルトマン〉としての形状を完成した。

各部署に光電算機からの報告が伝達された。各部合体完了。固定機構作動。いずれも問題なし。本艦戦闘可能。

発艦指揮所にいた発艦指揮官は手順どおりに発艦作業準備の開始を命令した。艦尾区画へ星形に配列されている発電器が全力運転を始めた。数分で蓄電量表示が緑色域に達する。艦載光電算機はその事実を発艦指揮所に報告した。発艦指揮官は戦闘指揮所にいる〈ハルトマン〉艦長、コンラート・グルツィメック大佐に艦載機発艦許可を申請する。グルツィメックはそれを承認した。

格納庫船体の表面へ半ば埋まったようにしてとりつけられている三基のカタパルト・アームの基部が伸びた。カタパルトの電磁レールが船体から離れる。

各アームの直前に設けられている格納庫扉が開いた。スマートさの対極にあるような形状の無人戦術航宙機、マルティML403Eが押しだされる。

カタパルト通電。航宙機は、正規重力加速度の数十倍のエネルギーをうけとりつつ、前方空間へと射出された。発艦した機体は姿勢制御ガスを吐き、〈ハルトマン〉の針路上から大きく角度と距離をとる。発艦作業は一〇秒に三機の割合で二分間にわたっておこなわれた。カタパルトは発艦作業の完了と同時に収納された。

光電算機、発艦指揮官の双方から作業完了、安全確保の報告があった。戦闘指揮所の艦長用耐圧座席に付いていたグルツィメックは艦首逆噴射装置の全力噴射を命じた。合体した四つの船体、その前部に開けられた穴からガスが噴きだす。グルツィメックをはじめとする全乗員の身体が艦首側へと押された。〈ハルトマン〉の速度は急速に低下した。

制御卓に出撃許可をもとめるコマンドが表示された。グルツィメックは表示を見つめる。コマンドは緑色だった。航宙機の噴射ガスを浴びる危険はない、光電算機はそう判断している。グルツィメックはアームレストにロックで固定されている両腕の指で承認のコマンドを打ちこんだ。

　前方空間で一二機ごとに編隊を組んでいた航宙機が一斉にエンジンを作動させた。タンク、エンジン、センサー、幾つかの武装をまったくの機能優先でまとめあげた不格好な機体が突進を開始する。すべての機体が一枚ずつ備えている放熱翼が赤く輝き始めた。航宙機は人間ならばけして耐えられない加速率で運動エネルギーを増大させていた。

〈ハルトマン〉は全力逆噴射を中止した。それでも秒速一二〇〇キロほどの速度は残っている。逆加速のGから解放された戦闘指揮所には光電算機と人間のもたらす報告が満ちた。異常はなかった。

「艦長」航宙隊指揮官がいった。「全機順調に加速中。予定どおりに行動させます」

　グルツィメックは頷いた。かれの正面に設けられた大型多元ディスプレイには三波にわかれ目標へと突進してゆく航宙機隊のシンボルが表示されている。目標として仮定された標的衛星は赤い球で包まれた状態で映しだされている。赤い球は、兵装搭載状態での引き返し不能距離《レンジ・オブ・ノー・リターン》をしめすフェイル・セイフ・スフィアであった。中止命令がだされないため、三つの編隊は数分間でその内側に侵入した。速度は光速の一パーセントを超えている。

「見事なもんだ」グルツィメックの耐圧座席、その右脇に設けられた仮設座席に身体を縛りつけていた男がいった。「速度の差さえ考えなければ、実戦そのもの、ですな」

男の言葉に皮肉の響きはなかった。グルツィメックは男に視線を向けた。男が着用している機密服は他の者たちが着ているそれとデザインが異なっていた。連邦宇宙軍の制式品だった。

「回収の面倒があるのでね」グルツィメックはいった。

「たしかに、その点だけでいえば、実戦の方がよほど楽ではある」フランチェスコ・ラウレル連邦宇宙軍中佐は答えた。濃い眉毛の下にある黒い瞳には長期刑をうけた囚人のそれに近い諦念《ていねん》と焦燥《しょうそう》があった。ラウレルは一年ほど前に、ネイラムの攻撃で自分の艦を失っていた。以来、連邦宇宙軍の連絡士官としてノイエス・ドィッチェラント航宙軍に長期派遣されているのだった。ノイエス・ドィッチェラント艦艇への便乗や演習視察はかれの任務だった。かれの任期はまだ二年近く残っていた。休戦を迎えた後も、連邦宇宙軍は失策によって艦を失った元艦長の扱いを変えようとはしていなかった。

航宙隊指揮官が襲撃開始を報告した。グルツィメックはディスプレイに視線を戻した。フェイル・セイフ・スフィアに侵入した三六機のＭＬ４０３Ｅ《ワイルド・ウィーズル》は散開陣形をとっていた。各機のあいだにあけられた距離は、ほぼ一万キロだった。

第一編隊があらたな加速を開始した。目標周辺の防宙システム制圧をシミュレートしている。加速と同時に各機の送りだすデータについて光電算機が計算を開始した。データと戦例をてらしあわせた光電算機は、制圧達成率六四パーセント、味方損害率四七パーセントという結果を提示した。計算結果は第二波以降の攻撃――シミュレートの成果・被害判定に組みこまれる。

第二波についてのシミュレートが宇宙空間と電磁波の世界で始まった。二四機と仮想された敵迎撃機との接触・戦闘について計算がおこなわれ、結果が算定された。撃破率三七パーセント。損害率四四パーセント。

第三波が目標へと突撃した。目標の破壊がその任務として仮定されている。光電算機が計算を開始した。第一波、第二波についての計算が現実的なものであったのと同様に、その判定はひどく辛《つら》いものとなった。目標への反応兵器投射数四発。目標のうち二八パーセントを破壊。損害率六二パーセント。評価。戦果不十分。第二次攻撃の要あり。

光電算機の評価を読んだ航宙隊指揮官が小さな罵声を漏らした。グルツィメックに訊ねる。

「第二次攻撃演習を実施しますか?」

グルツィメックはディスプレイの表示をみつめ、まばたきを一度して、いった。

「状況中止」

「了解」

航宙隊指揮官が帰投命令を発した。光電算機がもっとも短時間で航宙機を回収できる経済針路を算定し、ディスプレイに表示する。四三時間二七分で全機回収完了。グルツィメックはそれを承認した。艦首と艦尾からガスが噴きだし、〈ハルトマン〉の針路が変更された。

航宙機帰投——回収にひどく時間がかかる理由は、航宙母艦の主推進機が最低限しか使用されない条件で計算がおこなわれたからであった。星系軍のなかでも有数の精強さで知られるノイエス・ドィッチェラント航宙軍も、予算が余っている軍隊というわけではない。本来ならば実施すべきである第二次攻撃演習を中止した理由も同様であった。〈ハルトマン〉には、第二次攻撃演習を可能とするだけの推進剤は搭載されていなかった。第二次攻撃隊を編成すること——航宙機の発艦は可能だが、そのすべてを比較的短時間で回収しうる針路の確保が——つまり加減速が実施できないのだった。

どうせならば、グルツィメックはおもっていた。そこまで経済性を気にかけねばならないのであれば、回収などしなければよい。すべての航宙機は、その残燃料量にあわせた帰投針路で、根拠地へもどってゆけばよい。

もちろん、決してそれがおこなわれない理由もグルツィメックには判っていた。たとえば二年半後、秒速三〇〇〇キロほどで根拠地に突き進んでくる航宙機のことを誰かが覚えているとは限らないからだった。航宙機を使い捨てにするのが当たり前だった戦時とはなにもかも変わっている。

グルツィメックは戦闘配置を解除した。戦闘指揮所に設けられた三〇ほどの座席、その半数が空になった。かれは整備士官に連絡を入れ、整備員全員に休養をとらせるよう命じた。整備員たちは疲れ果てているはずであった。加えて、妙なベクトルがついた機体を回収する際に大汗を掻《か》かねばならないのもかれらなのだった。最初に回収可能な機体との最接近予定は六時間一四分後であった。

「想定はハイゲート襲撃演習でしたな?」ラウレルが訊ねた。「防衛演習ではなく」

「本艦は航宙母艦なのでね」グルツィメックは答えた。ラウレルが何をいいたいのか、かれはよくわかっていた。

おそらくは一一世紀の終わり頃、明人《みんじん》によって開発された火箭《かせん》が長期宙航の可能な航宙艦へと発達するについては紆余曲折《うよきょくせつ》があった。その航宙艦において、地球上で使用された艦船と同様の艦（船）種分類が採用された理由もあれこれとある。

航宙母艦はそうした経緯のなかでひとたびは絶滅したもの、航空母艦の末裔だった。

恒星間植民時代を迎えて航空母艦が絶滅した理由は単純なものであった。艦載機の有効性が消失したからだった。

地球上で艦載機——航空機が兵器としての優越性を得ていた最大の理由はその柔軟性にある。歩兵が泥を踏み、艦艇が波をかきわけているあいだに、空を自由に飛び回る航空機は、望む場所に、望む規模の攻撃をかけることができた。

だが、人類が〈ヲルラ〉の技術を手に入れたのち、すべては変化した。航空機の持っていた、速度面での優越が消えた。宇宙というあらたな戦場で戦う兵器のほとんどすべてが、同じ動力（常温制御融合反応機関）で動くことになったのだった。

もちろん、航空機の末裔たる航宙機も高速を発揮できる。良好な質量と推力の比率を達成し、それなりの加速実施時間を与えられるならば、いかなる航宙艦にも負けぬ速度を得られる。航宙機の大半は無人機であるから、なおさらその利点を活かせるといって良い。

しかし問題があった。艦載用グレーザー砲に代表される大射程型指向性《D》エネルギー《E》兵器《W》システム《S》とその運用に必要な捜索装置、射撃統制装置を搭載できないのだった。たとえ機能を制限したものでも、それらは質量を著しく増大させるからであった。であれば、大きな距離で敵を叩く術《すべ》を持たぬ航宙機は大型艦によって虚しく撃破されるしかない。大型艦は、その搭載兵器すべてを同時に使用すること、まさにそのために造られているからだった。

改善は不可能だった。大射程兵器の装備に伴う問題を解決するためには、動力を強化し、質量に対する推力の優位を取り戻すしかない。しかし、それでは航宙機それぞれに大型艦用機関や、とてつもない大きさの推進材タンクを取りつけることになりかねない。費用対効果が極端に悪化する（たとえば、高加速を実施した航宙機の戦場における回収はまったく現実的ではない)。そんなものを造るぐらいならば、多彩な兵器体系に加え、人間という要素まで組みこんで冗長性を確保できる大型艦、たとえば戦艦の方がよほど役に立つ。

こうして大艦巨砲は宇宙空間に復活した。航宙艦は磁場式焦点可変レンズを用い、大出力レーザー・パルスを敵に投げつけるようになった。誘導兵器、浮遊物体、散乱する破片の破壊および衝突針路からの排除には中・小出力レーザー・パルスやレールガンが使用された。要するに主砲、副砲・高角砲・機銃という古典的兵器体系の復活だった。主戦兵器として地球上を支配した航空機、誘導ミサイルはその価値を大きく下落させた(両者の宇宙空間における性質はまったく同様といってよいからだった)。航空母艦の宇宙版を建造する理由も失われた。

いまだにおもいだすことがあります、とラウレルがいった。「戦前、自分がまだ少尉候補生だった頃の議論ですよ」

「航宙母艦建造についての?」グルツィメックは訊ねた。

「ええ」ラウレルはいった。口元には苦笑に近いものがある。「ハイゲート突破は反応弾集中射撃だけで充分だという意見が強かった。何万発もの反応弾をゲートスルーさせて向こう側を地獄に変える。そのあとで、どんなレーザーでもビーム・ワンダリングをおこす量の気体を流しこむ。それだけで充分なはずだった。ところが」

「誰も、最初の一隻に選ばれたがらなかった」グルツィメックが口を挟んだ。「なぜか？　撃破されるかもしれないからだ」

「そうですね。われわれはVネットによって人命尊重を脳髄の奥底まで刻みこまれた軍人のはずですからな。すくなくとも地球連邦軍はそう公言している。連邦宇宙軍はそのかぎりにあらず、ですが」ラウレルは首肯した。「それはともかく、その人命尊重を満たすために航空母艦が航宙母艦として復活した。大量の無人航宙機と共に」

「航宙機の大半はなんら戦果をあげることなく撃破されてしまう。しかし、航宙機がやられている間に主力がゲートアウトできる」グルツィメックは笑った。「実に論理的だ。どこかばかばかしい気もするが。人命尊重という美風にかなってはいる。もっとも、あの戦争の間にずいぶんいい加減になったけれども」

「まぁ、航宙機は星系内哨戒や惑星軌道制圧にも使えますから」ラウレルはいった。

グルツィメックは頷いた。二人とも、それが後付の理由にすぎないことを熟知していた。航宙母艦と航宙機は、ハイゲート突破のためだけに復活したのだった。他の任務は、有人艦艇の方がよほどうまくこなせる。一般的には、いまだにそう信じられている。

「そんなわけですから、自分は気になるのですよ」ラウレルはいった。「ただいまのハイゲート防衛演習の意味は何であるか、と。いったい、ハイゲートのどちら側での戦闘を考えているのか？　そもそも、航宙機によるハイゲート防衛がなりたつのか？　敵がハイゲートを突破しかけている——つまり、無数の反応弾がエネルギーをまき散らしている状況で」

「防衛は防衛だ」グルツィメックは母音のはっきりとした融合英語で返答した。「他に、なんの意味もない。すくなくとも、わたしはそうとしか考えない」

「だとおもいました」

ラウレルは大げさに肩をすくめてみせた。どのような報告書を提出すべきかを考えている。そして、どんな報告をだそうとも、結局は無視されることもわかっていた。地球連邦宇宙軍は過失で艦を失った元艦長の言葉を絶対に信用しないだろうからであった。

5

ノヴァヤ・ロージナ自由市民同盟の資金はますます潤沢《じゅんたく》になっているよう。それはもちろんフョードロフの生活にも影響を与えた。同盟から手渡された金でVネットを再接続できたし、数ヶ月ぶんの家賃を確保することもできた。一日三度の食事にも不安がなくなった。ウォトカも（日に一本までならば）飲めるようになっていた。二週間のうちにおとずれた変化としては充分にすぎる内容といっていい。そのおかげで論理的思考力もかなりの部分、取りもどしている。

フォードロフを含む七人を乗せたバンはジューコフスキィ街の大交差点に停車した。そこはコロリョフスカの西部市街中心部にあり、休戦まではリェータでもっとも人口密度の高い場所だった。着実な発展が運命づけられていたはずのノヴァヤ・ロージナで、近い将来、成功をつかむべきであった人々が住む地域であった。実のところ、この界隈の人口密度は現在もなお高い。しかし、そこに住む人々はこの星系における希望なき最貧困階層となっていた。もっとも、住んでいる人々は以前とかわりがない。かれらをとりまく状況が変化しただけだった。

バンからは運転手を残した六人が降りた。男女の比率は同じだった。六人はそれぞれ恋人か夫婦のような組みあわせをつくり、別々の方向に向けて歩きだした。

フォードロフは大交差点から東に向けて歩いた。かれは仕立ての悪い人造毛皮のコートを着ていた。かれの隣には水分の足りない肌をもった背の低い女性がいた。知性と理性と品性が互いに反発しあっている、という印象の強い顔であった。醜女《しこめ》といって良い見かけだった。服装についても見かけと似たようなものであった。彼女とは数時間前に同盟の事務所で会ったばかりだった。ダヴィナ・ミンコフスキィという名だった。

かれらは、同盟の活動担当委員から、この街を〝仲良く〟歩き、そこの〝空気〟を摑《つか》んでくるように命じられていた。ノヴァヤ・ロージナ自由市民同盟は、ジューコフスキィ街をもっとも有望な将来の支持基盤のひとつとして考えているのだった。

午後三時だった。空は七割ほどが重い色合いの雲に覆われていた。表通りは除雪が行き届いていたが、裏通りに入ると街路の大半に五〇センチほどの雪が積もっていた。一度溶けた雪の表面は、再び凍って硬くなっている。街路にあるのは雪を踏み分けてつけられた細い通り道だけだった。二人がようやく並んで歩ける程度の幅しかない。

フョードロフは活動担当委員の命令をかれなりの手法で実行に移していた。ゆっくりした足取りで、うつむき加減に歩いた。ダヴィナの態度は対照的だった。周囲に対して常に挑戦的な視線を向け、集合住宅の入り口や、いくらか雪を除けてつくられた小さな広場にいた住人たちを目にするたび、蔑《さげす》むような鼻息を漏らした。

裏通りを一〇〇メートルほど歩いたところでフョードロフは立ちどまった。顔をあげ、何かを探しているような視線で周囲を見回した。貧相きわまる見かけの集合住宅、その入り口に集まって世間話をしていた中年女性たちと視線があった。かれはいくらか気後れしているような表情と発音で訊ねた。

「ここはジューコフスキィ街二八番地ですよね？」

「ええそうよ」と婦人の一人が答えた。顔面にいくらか生活の疲労が浮かんでいた。

「アレクセイ・ヴァラノヴィッチ・チョムスキィという人は住んでいないでしょうか？」

「いえ、アリョーシャとは以前、軍で戦友だったもので」

「用はなあに?」

「用は?」婦人は同じ問いを繰りかえした。

「職探しですよ。アリョーシャならなんとかしてくれるかもしれないとおもって」フョードロフは情けなさそうにいった。「わたしもこいつも(かれは顎でダヴィナを示した)食っていかなきゃならないもんで」

まあまあと婦人たちは声をあげた。こっちも御同様よといった。それにしても残念ねと続けた。ここにはあなたのアリョーシャは住んでいないわ。きっとそのひとはあなたに嘘の住所を教えたのよ、ともいった。ひどいわね。ひどいわねぇ。一緒に軍隊にいったひとが信用できないなんて。まぁ、うちも似たようなものだけど。ねぇ、聴いてよ。うちの亭主なんか……。

フョードロフは女たちの喧噪《けんそう》に一五分ほどつきあった。そのあとで丁寧に礼をいい、だれかほかの友達をあたってみますと口にした。かれはダヴィナをうながして再び歩きだした。

ここ二〇分ほどぼんやりとした顔つきのままだったダヴィナが口を開いた。「わたしたちは世間話を聴きにきたわけじゃないのよ。市民の持つ、潜在的な変革への意志を――」

「充分にあるとおもうな」フョードロフは面倒くさそうにいった。「俺があのおばちゃんたちに聴いていたのはそういうことさ」

「ただの世間話じゃない。おまけに、友達を訪ねようとしたり」

「アリョーシャは二年前に戦死したよ。ここから一〇〇光年以上も銀河中心に近づいたあたりで」

「どういうつもりなの？」

「俺は連邦宇宙軍の下士官だった」フョードロフはいった。ダヴィナの顔つきが変わった。かれはそれを無視した。続ける。「下士官の得意技が何か知っているかい？　それほど優秀ではない士官たちに、自分はきちんと任務を果たしているのだと信じさせてやることなんだ。そのためには相手の本音を見わけられなきゃいけない。それができなければ、誰も望んじゃいない名誉の戦死に向かってまっしぐら、そうなっちまう」

「何がいいたいの？」

わかるだろう、という響きをこめてフョードロフはいった。「つまり、ばれるような嘘をついたり、本音を見抜けないようじゃ駄目なんだ」

ダヴィナは何も理解しなかった。というより、理解できないようだ。

フョードロフは立ちどまった。ああやはり第一印象は、とおもいつつ彼女に教えてやった。かつて、戦意は旺盛《おうせい》だが分別のない少尉に問題点を納得させた時と同じ技法を用いる。

嘘をついたのはあのおばちゃんたちの本音を聞き出すためだ。いかにも女房の尻に敷かれているような情けない男の態度をとったのも同じ。仕事がない、というのもそうだよ。ま、その点は現実から遠からず、だがね。おばちゃんたちはこっちの期待どおりの反応を示してくれた。その場限りの哀れみを俺になげかけ、彼女たちにとってもっとも興味のある問題についてだけ質問してきた。なんというか、どんな人間にとってもけして愉快ではないが、無視するのはちょっと惜しいことばかりをね。つまりここは同盟の支持基盤としては大いに期待できる地域というわけさ。もちろん、君だってそれがわかってあんな態度をとり続けていたんだろう？　俺を含めた周囲のすべてを軽蔑したような態度を。

「そうよ」ダヴィナはあわてた口振りで答えた。「まったくその通りよ」

「だとおもったんだ」フョードロフは頷いた。「おかげでずいぶんと助かったよ。本当に」

彼女が何も理解していないことは承知している。彼女がその事実を認めたくないだろうこともわかっていた。だからこそ逃げ道をつくってやった。正解だった。すでにダヴィナは、自分が最初から何もかも理解していたような気分になっている。フョードロフがこの街を同盟の支持基盤として有望だと判断した本当の（そしてもっとも明白な）理由については毛ほども気づいてはいない。

フョードロフは昼日中、なすべき仕事のない者たちが気温の低い戸外で立ち話をしているという情景からそれに気づいた。その人数は曇り空のもとにしては意外なほどに多い。それはつまり、二二世紀末における最大の娯楽システムでもあるVネットの使用者がこの地域ではひどく少ないことを意味している。

Vネット使用者がなぜ少ないのか。Vネット中毒になりかけたこともあるフョードロフには容易に想像がついた。Vネットを使用する（あるいは連日、規定時間ぎりぎりまで使用する）経済的余裕が失われている——あるいは、Vネットの接続そのものが切られているからだ。後者はどういう意味においても危険な兆候だといえた。

たとえリェータのような星であっても都市は情報の集積地だった。Vネットが切られていることは、その都市において、情報をまったく受けとれないことを意味している。たしかに危険だった。古来、情報の途絶は人間を暴挙にかりたてる最大の要因となってきた。リェータが——ノヴァヤ・ロージナがその例外であるとフョードロフにはおもえなかった。かれは、そうした分析を〝悪い知らせでも何もないよりまし〟という主観的な印象に要約していた。その点についてダヴィナに説明する必要を認めなかったのは、彼女がすでに、情報の途絶による影響をたっぷりと受けているらしいことが想像できたからでもあった。

語り終えたフョードロフは微笑を浮かべてみせた。ダヴィナはとまどいながら笑みを返した。街路の先から言い争うような声が響いてきたのはその時だった。

フョードロフは声の響いた方に視線を向けた。男女が、一〇人ほどの若者や娘たちに取り囲まれていた。男は日系人らしかった。女は金のかかっていそうなケープを着こんでいた。どちらも、このあたりでは滅多に見られない、珍しい存在だった。だからこそ絡まれているのだろうとフョードロフは判断した。かれはゆっくりとそちらへ歩きだした。ダヴィナも後に続いた。質問はしない。〝理解している〟という虚構を、まずもって自分に納得させるためだろう、フョードロフはそうおもった。

男女を取り囲んだ街の若者たちの言葉は、わざわざ聞き取る意味もないほどに陳腐《ちんぷ》なものだった。紀元前のウルクでも、裏通りに入ればそのような情景は展開されていただろうなとフョードロフはおもった。それにしてもウルクなどという都市の名前をなぜ自分は覚えていたのかとおかしくなった。理由をおもいだす。Vネットの性犯罪抑制プログラム(昂進プログラムだという批判があった)の中に、ウルクを舞台にしたものがあったのだった。

若者たちの怒声が強まった。フョードロフは眉をしかめた。かれらは、自分たちが取り囲んでいる男女の態度があまりにも奇妙なものであることに当惑しており、それを打ち消すために声を大きくしたのだった。日系人にしろその愛人らしい女にしろ、不気味なまでに落ちつきはらった態度のままであった。

当惑を怒りに転化した若者の一人が行動にうつろうとした。フョードロフは、軍を除隊して以来、出したことのない声でいった。むろんロシア語を用いている。

「つまらんぞ、君」

太い声だった。かれはその響きが、相手が若いほど効果を発揮することを知っていた。

動きがとまった。全員がフョードロフに視線を向けた。日系人は、かれの民族に特有の、あの奇怪な微笑を浮かべていた。

「何がだよ」日系人に殴りかかろうとしていた若者が訊ねかえした。吠《ほ》えるような声だった。

「その男を殴っても、何も変らん」フョードロフは抑揚のない発音でいった。「それより、もう少し面白いことをしてみないか？」

禽獣《きんじゅう》じみたものを相貌に浮かべた若者の群れは一斉に笑い声をあげた。それを聴いたフョードロフはネイラム突撃兵の発する鬨《とき》の声をおもいだした。内心のどこかが冷えてゆく感覚も覚える。

「もう少し、静かにしてくれないかな」フョードロフはいった。

「言論の自由は神聖にして犯すべからざる権利さ」若者の一人が答えた。

「他者のそれを侵害しない限りにおいてね」フョードロフは頷いた。「俺は、自由を大事にする男なんだよ。ことに、権力からの自由をね」

「悪党の手下にならー―」

「俺の人相、そんなに悪いかな」フョードロフは笑みを浮かべていった。「違うよ。俺と彼女はノヴァヤ・ロージナ自由市民同盟の者だ」

若者たちの表情が面白いほどに変化した。かれらも、同盟がどのような組織であるかは知っていたのだ。Vネット経由で情報が入らぬぶん、それは神話的色彩を帯びているに違いないとフョードロフはおもった。かれらの表情の変化は、かれのそうした推測を完全に肯定するものだった。

フョードロフはダヴィナに頷いてみせた。異様に時代がかった表現を口にする。「同志、この若き英雄予備軍に君の連絡先を教えてあげたまえ。必ずや、われわれの活動をさらに実り多いものとしてくれるだろう」

完全に気圧《けお》されたダヴィナは若者たちに同盟支部の連絡先を教えた。

「次の集会は三日後の午後六時からだ」フョードロフはいった。「もし、いまのリエータがつまらないとおもうなら来てくれ。ちょっと覗《のぞ》くだけでかまわない。すくなくとも、退屈はしないよ」

その場にいた若者たちの半数が頷いた。フョードロフは大きな笑みを浮かべて続けた。「本当に、君たちが参加してくれるのを楽しみにしている。ああ、この二人については、俺がかれらの犯した間違いについてたっぷりと教育してやる。それじゃあな。ああ、同志、そこのお嬢さんたちに、君の方からわれわれの活動について説明してあげてくれ。俺はこの二人と向こうで話す。少ししたならば、大交差点で落ちあおう」

「来いよ、ヤポニェチ《ジャップ》」フョードロフは荒っぽい発音で日系人にいった。日系人と連れの女は素直に従った。表通りのすぐそばまできてかれは立ちどまり、融合英語へ切り替えて二人にいった。

「なんのつもりか知らないが、莫迦な真似はしないことだよ」

「礼をいうべきだな」日系人はいった。「まことにありがとう」

「不注意だよ」フョードロフは答えた。「こんな美人を連れて、ジューコフスキィ街をぶらぶらするなんて」

「体感したよ」

「ならば、はやいとこ、逃げだすことだね」

「そうするよ」丸顔の男は微笑を浮かべた。「本当に、ありがとう」

「これ以上、面倒はみられないよ」

「あなたの名前は？」

「イリア。イリア・アレクサンドロヴィッチ・フョードロフ。アントノフスキィ街に住んでいる」

「Vネットは？」

「つながっているよ」

「わかった。忘れない」

「なら、とっとと行っちまえよ」フョードロフはいった。

男は笑い、女と共に表通りへ足早に去った。フョードロフはかれらの後ろ姿を一瞥《いちべつ》すると、苦笑を浮かべ、大交差点に向けてゆっくりと歩いた。あの男は俺の魂胆《こんたん》に気づいていたなとおもっている。大交差点に向けて歩いた。日系人に腹を見透《みす》かされたことが妙にはずかしかった。歩きながらかれは口笛を吹いた。軍で覚えた猥歌《わいか》だった。今日はオリオン、明日は銀河を。俺のあそこに引っかけて――一体、どんな意味なんだろう、とフォードロフはおもった。連邦宇宙軍がこの銀河を支配するということなのか？

大交差点でしばらく待っているとダヴィナが小走りにやってきた。フォードロフは視線をダヴィナに向けた。

「どうして助けたりしたの？」ダヴィナはいった。息をあらげていた。「Cじゃないの」

「C？」フォードロフは不思議そうな表情をつくって訊ねかえした。「俺には判らなかった」

「男は日系だったわ」ダヴィナはいった。「連中はどんな奴でもCの血がはいっている。一〇〇年以上も前から。だから、あの男もCよ。そうに決まってる」

「かもしれないが」フォードロフは苦しげな声で反論した。「Cだからといって助けなくてもよいということにはならないとおもうな」

「可哀想に」ダヴィナの顔に憐憫が浮かんだ。「軍で受けた洗脳の影響が残っているのね？」

「洗脳？」

「そう。Cはかならず受け入れねばならないという洗脳よ。わたしたちオリジナルは、連中が人類領域を支配する手助けをせねばならないという洗脳」

フョードロフは啞然とした。かれは確かに軍で徹底的な差別意識撤廃教育を受けた。しかし、それが強制的洗脳であるなどと考えたことはなかった。むしろ、能力や人間性以外の点で他者を蔑む意識が自分の内部で弱まったことを喜んでいる。その点に疑問をおぼえたことはなかった。

しかし、ダヴィナが示しているそれは、かれの信ずるものと正反対の意識だった。以前は、常識的な連邦市民であればそれを抱くことが恥だとされていたようなもの。あまりにも安易で程度の低い過去の悪霊、その再放送だった。その理由はフョードロフにもわかっている。衣食の足りぬ者は礼節を捨ててそれを埋め合わせようとする。そしてひとたび礼節（つまり尊敬に値する個人的態度）を失った者は、往々にしてそれを二度と取りもどすことができない。体内常駐型マイクロマシン出現以前、平均的美意識をもった女性にとり、肥満にまさる悪疫が存在しなかったのと似たようなものだ。

フョードロフは自身の幸運をおもった。かれは、ダヴィナほど現実に蝕《むしば》まれる以前に自由市民同盟の一員になったのだった。ダヴィナに対する軽蔑の念は憎悪に近いレベルにまで高まった。

「組織はC差別を標榜《ひょうぼう》してはいない」フョードロフはいった。

「指導委員会は腰抜けなのよ」ダヴィナはいった。吐き捨てるような口調だった。「わたしたちは本当の敵を見定めるべきだわ」

「しかし、この星にいる日系人ということは、N‐3から来た可能性が高い」フョードロフはいった。「連中は、俺たちの故郷に経済援助をしようとしている。そういう話だ」

「陰謀よ。C支配を強化するための。連中さえいなければ、オリジナルの楽園がやってくる。それを妨害している」

フョードロフは沈黙した。何をいうべきかわからなかった。目の前にいる女への憎悪が内心を満たしている。しかしかれは我慢した。同盟での活動歴はダヴィナの方が長い。つまり、影響力も強いはず。だからかれは内心と正反対の言葉を発した。

「俺は、まだまだ君に教えてもらうことが多いようだな」

「教えてあげるわ。いくらでも」

「うん。今度、機会を見てお願いするよ」

フョードロフは微笑した。ダヴィナも笑った。かれは同盟に参加したことで再び手に入れた生活の安定を失うつもりはなかった。それどころか、これからますます強化するつもりだ。

日系人を助けた理由も似たようなものだ。

うまくすれば、あの男は自分に経済的な見返りをもたらすかもしれないとおもったのだ。

たとえばこの星系の外での働き口を見つけてくれるかもしれなかった。リェータにいる日系人といえば、N・3関係者か、軍か、JSS社と相場が決まっている。そのどれに転んでも損はない、そう判断してのことだった。

そうした期待がひどく望み薄なものであることはフョードロフにも判っている。しかし、かれは必要なすべての手を打ちながら現状を改善してゆくつもりだった。まずもって自分の生活、その次にこの凍りついた故郷を。そして明日は――ダヴィナのくだらない話に耳を傾けるふりをしながらフョードロフはおもった。つまりはそういうことか。明日は銀河を。冗談じゃないな。

フョードロフは苦笑をようやくのことでおさえた。それでも気分は奇妙なほど昂揚したままだったので、内心で、明日は銀河を、明日は銀河を、と二度ばかり唱えて心を落ち着かせた。

6

イリナ・ディミトロヴナ・ミハイロフ警部はムスタファ巡査を執務室に呼びいれた。ミハイロフの態度は普段よりもよほど丁寧なもので――ムスタファが腰をおろすべき椅子を、顎でなく、右手のかすかな動きで示した。ムスタファ巡査は無意識のうちに時計に目をやった。表示はふたつあった。人類標準時とノヴァヤ・ロージナ標準時だ。人類標準時は二一九七年一二月一六日午前を示していた。

敬礼したムスタファは硬い表情で椅子に腰をおろした。かれの内心はすでに悪い予感にみちみちていた。上司であるミハイロフはたしかに優秀な警官だった。しかし、ゆえなくして部下に丁寧な態度を示す人間でもなかった。

ミハイロフは両切りの煙草を唇に挟んだ。三世紀以上もデザインの変わっていないオイルライターで火を点ける。それはハンゼで戦死した最初の夫から、結婚前に贈られたものだった。そのころ、習慣の一部となっていた週末のデート、その途中で買った安物だった。しかし、現在のミハイロフにとって、その価値は金銭でおしはかれないものになっている。彼女がそれを用いるのは勤務中だけだった。けして自宅へは持ちかえらなかった。ライターにはふたつの頭文字と奇妙な傷がついていた。頭文字はハンゼで死んだ男が彫ったものだった。奇妙な傷は、送り主の死を知った晩に彼女が歯でつけたものだった。その行為によって数本の歯が部分的に欠けたが、彼女はそれをいまだに治療していなかった。イリナ・ディミトロヴナ・ミハイロフはそういう女性だった。

ミハイロフは音をたてて煙草を吸った。きつい味の煙をのみこむ。オイルライターの蓋を閉じる。もっとも、ライターの燃料としてもちいられている〝オイル〟の正体は石油根源岩によって生じたものではない。

ミハイロフはライターを机の上に置き、イニシャルと歯形のつけられた表面を右手の人差し指で撫でた。

面倒な仕事ねと彼女はおもった。

しかし、ノヴァヤ・ロージナ星系警察本部公安担当二課長として、ミハイロフは義務を果たさねばならなかった。これが初めてというわけではなく、また、最後でもないことも解っている仕事だった。

ミハイロフ警部は、ひとびとが現場から叩きあげた警官に求める要素のほとんどすべてを備えた美しい女性だった。

頭脳は平均以上の出来で、教養があり、口は悪かった。肉体は優美な雪豹《ゆきひょう》をおもい浮かべさせた。理論よりも経験則を重んじ、勇気と細心さを併せもち、老人と子供には優しかった。大学時代の同級生である現在の夫とのあいだには二人の子供があり、ロシア正教の控えめな信者で、一〇代の末から数年間で軍役を済ませていた。酒量はたしなむ程度と周囲におもわれているが、必要とあればどんな大酒呑みにも負けず、しかも意識を混濁《こんだく》させることはけしてない。仕事以外の趣味といえば手編みのスウェーターやマフラーを家族に編んでやることだけ。つまりは陽気で頑固で執念ぶかいスラヴ的常識人なのだった。

そしてミハイロフは警察活動とは柔軟性であることを知っていた。それは彼女の担当する正邪さだかならぬものを相手とする警察活動――公安任務において、とくに重要な要素だった。ミハイロフは、ときに銜《くわ》え煙草のまま部下の周囲を、優美な重圧感と共にうろつくことで、自分がどのような人間であるかを皆におもいださせていた。自身がその効果をほとんど認識していないところが、この女性の愛すべき稚気の一部をなしていた。

しかし、ムスタファ巡査を前にしたいま、彼女はその稚気をわずかでも発揮することはできない。ムスタファに伝えねばならぬ事実はあまりにも重苦しいものであるからだった。煙草は三口ほど吸っただけでほとんどが灰になってしまった。彼女の肺活量は同年代女性の平均値を大きく上回っている。ミハイロフは道場で黒帯を締めることが許された人間だった。チェーンスモーキングの欲望にようやくのことで耐えた彼女は、灰皿に煙草を押しつけ、ムスタファにいった。

「あなたにとってはひどく辛い話よ」

「家族に」ムスタファは浅黒い顔をひきつらせながら訊ねた。「家族になにかあったのですね」

「ええ」ミハイロフは乾いた声で答えた。「たしか、あなたの母上は」

「Cですよ、ええ」ムスタファは必要以上に大きな声で答えた。「そのことについては警部も御存知のはずです」

「半日前のことよ」ミハイロフは母音のきつい、単語ごとに区切るような融合英語の発音で答えた。基本言語がロシア語であるため、他の言語はどうしてもそのような発音になりがちだった。「御家族全員。犯人はまだ判っていない。ただし、家の壁にCと大書してあったそうよ」

　彼女はポインティング・リングをはめた指を動かした。壁面に映像が表示される。

「いと恵み深き――」ムスタファは砂漠で生まれた神への祈りを呟いた。

「気を悪くしないでね」ミハイロフはいった。「あなたに有休を出す前に、ちょっとだけ聴いておきたいことがある」

　ムスタファは無言だった。ただ、頷いてみせた。大した自制心ねとミハイロフは感心した。彼女はいった。

「昔から、そういう問題はあったの？」

「ありませんでした」ムスタファは答えた。「アッラーの前で、すべての者は下僕に過ぎませんから」

「ならば、なぜなの？　推理できる？」

「わたしの生まれた町は、リエータでも最貧地区のひとつです。母は、その町でそれなりに成功した雑貨店を切り盛りしていました。子供の頃、Cはアッラーの恵みをより多く受けていると近所の者からいわれたことがあります」

「恵みをより多く、ね」

C技術の基本は要約して記してしまえばそれほど面倒には感じられない。

C誕生に必要なものはDNAが不活性状態に置かれた核提供細胞《ドナー》、そしてDNAを取りさらされた未受精卵《レシピエント》のふたつだった。核提供細胞は再生すべき国民遺伝子保護保険登録者のもの、細胞質を提供する未受精卵は人工的につくりだされたものが使用される。

Cの生誕過程は通常の妊娠とさほど違いはない。

まず、核提供細胞と未受精卵を電場中に置く。すると双方のあちこちに穴が開き、融合がおこる。これが最初の一粒となる。同時に増殖のメカニズムに号砲が響きわたり、成長が始まる。

融合された受精卵は人工子宮に送りこまれ、そこで成長する。成長は新生児の状態で停止される。保険登録者の指定年齢で誕生できる成体育成は連邦の初期C政策における目玉商品のひとつだったが、二二世紀末の時点において、それは禁止されている。記憶の人工入力も同様だった。

つまり、誕生したばかりのCは、母親の子宮からうまれいでた人間となんら変わりがない。人間の原初的体験のひとつである産道通過時の痛みすら、人工的に与えられるようになっている。そしてCを望んだ人々に引きとられていく。かれらが望むならば、新生児に差別意識を抱かぬよう、記憶調整処置も受けられる。あるていど発達した科学技術にとり、それはさほど難しいことではない。事実、ここまでは二一世紀中盤の段階で安全性が確保されていた技術だった。二二世紀末においてはまったく面倒な仕事ではない。

　面倒はDNAの取り扱いにあった。

　二二世紀末のC技術は、核提供細胞に抱かれているDNA、その内容を積極的に〝書き直し〟て遺伝子保護登録者の再誕生をはかる。核提供細胞として最適のものとみなされている幹細胞のDNAマッピングをおこない、そこにふくまれる先天的欠陥のうち影響の大きすぎるものを削除、別の情報に置換し、おそらくは一二〇年前後の寿命が期待できる人間の素をつくりあげる。

　この作業は連邦厚生省監督下の特殊医療機関、遺伝子制御施設《Cファクトリー》でおもにおこなわれる。問題は、それらの機関が多数のDNAチェックを実施せねばならない点にあった。つまり、二四種類ある人間の染色体、ヒトゲノムの三〇億ほどにもなるDNA配列を確認し、その配列の方向性をチェックし、先天的欠失や欠陥があればおぎなわねばならない。

　遺伝子的な補修処置には様々なものがある。ひどく古典的に、安全性の高い一九番染色体への組みこみをおこなって全体への影響を予測し、そののちにクローニングを実施する場合もある。欠失・欠陥部を除けばまったく同じつくりのものを問題となる部分に入れ、欠陥部を弾きだしてしまう手法も用いられる。ただし、相同入れ替えとよばれるこの手法はウィルスやナノマシンによって補助してやらねばならない。自然の状態ではごくまれにしか発生しないからだった。

補修方法はこのほかにも無数にある。

極端な場合、再生すべき人物のDNAを電子的手段でにらみながら、〝書いて〟しまうこともあった。ただし、それをおこなうにあたっては、道徳的な問題について（おもにキリスト教徒からの批判を回避するために）あるていどの基準をみたす必要がある。C技術の研究が始まったころから懸念されていた危険――〝超人〟の人工的誕生への危惧は、人類領域におけるC差別の根幹をなす感情といってよいからだった。連邦のC政策が、その当初、明確に〝超人〟を指向していたこともそれに影響を与えていた。

たしかにとてつもなく面倒な仕事だった。そして人類領域の約四〇ヶ所におかれているCファクトリー（これは連邦政府が公に批判している差別用語のひとつだった）は、その面倒を日に数万件こなさねばならないからだ。このほかにもCファクトリーがおこなうべき仕事は山のようにあった。器官クローニング、いわゆる代替《だいたい》臓器の作成もそのひとつだった。こちらの方は一日あたり数十万の単位になる。

作業量からして、とても人間がこなせるようなものではなかった。遺伝子保護法成立後、連邦厚生省が人類領域における大型光電算機――現在は最新の多層多軸配列型超伝導可変回路構成方式のもの――の最大手ユーザーとなった理由はそこにあった。人類、というより地球連邦は、そこまでして生き残りを図ろうとしていた。銀河という天秤に載せる錘《おもり》を求めているのだった。

「済まなかったわね」ミハイロフはいった。「とりあえず、一〇日間ということで行ってらっしゃい。必要ならば延ばせるわ。その時は連絡して」

「はい」

「銃器携帯許可は取ってあるから。持っていきなさい」

「ありがとうございます」

ムスタファは退出した。椅子の背にもたれなおしたミハイロフは左手で額を揉《も》んだ。アーチャを呼ぶ。ろくでもない、と呟いた。

「C関係犯罪の増加率はこの二週間で一二四パーセントです」入室したアーチャはいった。ディスプレイにグラフが表示された。

「なんてこと」ミハイロフは呻いた。「いまの割合で増加したならば」

「ええ」アーチャは頷いた。「夜間外出禁止令を含む積極的治安強化策が採られない限り、遅くとも三ヶ月後には」

「C市民約三万、その家族七万以上の大半が犯罪被害者になるわけね。はッ！」ミハイロフは両手を振った。「本部長にはあたしが伝えるわ。で、あやしげな連中の方はどうなの？」

「自由市民同盟の活動が活発化しています」アーチャは答えた。「資金が潤沢になり、構成員が週に一五〇パーセント前後の勢いで増加。特に若年層《じゃくねんそう》で。ただし、連中は過激な行動方針は採用していません」

「そのうち変わる」ミハイロフは断定した。「構成員の増大は、かならず、内部に過激な集団を成立させる。組織力の強化が構成員の拡大に追いつかなくなる――意見は？」

「残念ながら」アーチャは黒い髪を揺らせた。「すでに光電算機で簡単な〝ゲーム〟をおこないました。最新のデータを入れて」

「結論は？」

「一ヶ月以内に過激派がなんらかの行動をおこす、と」

「黙らせるには」

ミハイロフはおもった。反権力的な団体の過激分子を押さえこむ方法は三つある。第一は静観。適度な取り締まりにとどめ、かれらが内部対立で崩壊するのを待つ。第二は反権力団体主流派の取りこみ。かれらはみずからの地位を向上させるため、過激派を贖罪羊《しょくざいひつじ》に差しだす可能性が高い。第三は徹底的な鎮圧。最低でも相手の二〇倍ほどの人員を投入して、短時間で手段を選ばずに叩きつぶしてしまう。

問題は、そのどれも実現できそうにないことね、と彼女はおもった。柔らかみと強い意志を同時に感じさせる唇が歪んだ。

静観は実に有効な方法だが、リェータの現状では無理。社会がよほど安定していないかぎり、放置へとかわってしまう可能性がある。

主流派の取りこみは――自分のレベルで判断できることではない。が、おそらく無理。現在の星系政府にそれほどの政治力はないようにおもえるから。

徹底的な鎮圧は論外。予想される過激派およびその同調者の二〇倍もの人員を投入するような予算はない。連邦宇宙軍にでも泣きつけば別だけれども――いや、それだけはできない。自治星系としてのノヴァヤ・ロージナは消え去ってしまう。たとえ連邦のものとはいえ、星系の「外」から物理力を呼び寄せた政府など、誰も信用しない。その点はあたしだってそうおもう。

ならばどうすべきなの？

あの最悪の対応だけかしら。事態を根本的に解決するのではなく、だらだらと続く緊張状態に持ちこむという方法。おそらくは二〇年ほどもテロとカウンター・テロの応酬がつづいたあとで、ようやく緊張に疲れ切った市民たちの怒りが表面化する。冗談にもならない。

「〝お客様〟の動きは？」ミハイロフは訊ねた。

「わかっている限りでは、どこの星系も情報収集、状況把握といった段階にとどまっています」

「FIAが工作管理官を数名増員したことはわかっていますが、具体的な活動は植民星系と似たりよったりです。いかなる法にも触れていません。STARSについてはまったくわかりません」

「つまり、動いているというわけね」

「そうおもわれます」アーチャは同意した。

「連邦宇宙軍は？」

「あの、日系人の少佐はあいかわらずダンスを踊っています。誰の目にもつくように」

「だが、かれの部下の行動がわからない？」

「まったくといって良いほど。例の、シルキィ側からの情報もまだですし。おそらくは軍令部二課直属の情報――というより諜報部隊だとおもわれますが。あるいは、星防省情報局も絡んでいるのかもしれません。とりあえず安心できるのは、かれらの目的が護民であること――」

「どうかしら」ミハイロフはアーチャの言葉を遮った。「連中の護民という概念は、古典的な意味とまったく同じ、というわけじゃないから」

「どういうことでしょうか？」

「ハイリゲンシュタットの騒ぎは覚えていないわね？　あたしにとっても歴史なんだもの。


「連邦は？」

EOWSはどう?」

「覚えています。まだ一九でしたが」

「あの時、かれらは政府の命令を忠実に実行したの。レシトの星系内空間で死んだ二七万人のEOWSメンバーに〝名誉の戦死〟をさせたのは連中なのよ。そして、その目的もまた護民だった。なぜならば、人類の有する最大の護民システムは地球連邦だから。二七万人を生かしておいて連邦に問題を抱えこませるよりは抹殺した方がより使命に合致した行動だと判断したわけ。なんとも論理的な判断よね?」

「すると必要があれば」

「ええ。星系の一つや二つを切り捨てることぐらい簡単でしょう。かれらの究極の目的は人類を生き残らせることなのだもの。連中にしてみれば童貞を失うよりよほど楽——過激派などとは比較にならないほど物騒な連中ね」

「ならば、われわれは?」

「まずは努力すること。絶望するのはそのあと。ともかく、あの日系人に会ってみましょう」

　ミハイロフはアーチャへ頷いてみせた。同時におもっている。泣けてくるわね。まったく。でも、絶対に泣くものですか。泣きたくなる理由は山ほどある。それは事実。でも、泣くぐらいならば、連邦に叛乱をおこした方がよっぽどましだわ。

7

フリート街、テンプル・バーと通り抜けた馬車はウェスト・エンドに入った。といっても何が見えるわけでもない。時刻はすでに夜のはじめ。かててくわえて一一月であった。つまり周囲のすべてが黄色味をおびた霧に包まれているのだった。まさにロンドンというほかはない。

馬車はソーホー・スクエアにある邸宅の前でとまった。門番によって扉が開けられる。流れこんできた霧は馬糞《ばふん》の臭《にお》いがした。

馬車の主は玄関へゆっくりと歩いた。先回りした門番が扉をあけた。ホールの照明が霧の中へさしこむ。執事がかすかな笑みをうかべて挨拶《あいさつ》した。

「これは、サー・イアン」

「皆様をお待たせしたのでなければよいが」サー・イアンは答えた。帽子を手渡す。

「御心配には及びません」執事は安心させるようにいった。「例のとおり、皆様、談論風発というご様子でございまして。いまだ、応接室に根を生やしておられます。料理をいつしあげればよいものやら、料理人どもは頭をかかえております。それにしても、サー・イアン」

執事は面白いものを見たような表情でサー・イアンの全身を眺めまわした。「本日はなかなか新奇ないでたちでありますな」

「試してみたかったのだよ」

サー・イアンは答えた。細長い顔に微笑をうかべる。上着は仕立てのよいダブル・ボタンのライディング・コート《アビ・ルダンゴト》だったが、下半身は長ズボン《パンタロン》であった。ちょっとばかりは流行を――サン・キュロット風をとりいれているというわけだった。

「サー・ジョンの御不興をかわねばよいのだがね」

「旦那様《だんなさま》は」執事はほほえんだ。「むしろ、そうした新奇さをお好みでございます。サー・イアンもよく御存知でございましょう？　それに、本日の御客様にはさらに新奇ないでたちの方もおられます」

「すると、今日は、あのリチャード・シェルダン氏も？」サー・イアンはたずねた。昨今、英国政界きっての粋人《すいじん》として知られる雄弁家のことだった。

「いえいえ」執事は首を振った。「東洋よりの御客様です。あのイタリア人が喧伝《けんでん》いたしましたかの黄金の国から、ショーグンの命により王国と――ジョージ三世陛下の政府と交渉にみえた方が。側聞するところによりますれば、旦那様にまさるともおとらぬほどの博物学者でおられるそうで。旦那様はサー・イアンにおひきあわせすることを楽しみにされておりました」

「それはなにより」

執事に案内されたサー・イアンは応接室にはいった。中には三〇人ほどの紳士たちがおり、様々な話題に興じていた。すでにグラスを手にしている者も多い。部屋の隅でゴムの木の苗をさし示しながら話している海軍士官がいた。顔面には強い意志と冷酷さがあらわれている。

サー・イアンは顔見知りの男たちに挨拶をしながら部屋の奥へと進んだ。室内は明るい。異臭もしなかった。当然だった。この部屋を照らし出している照明は蜜蠟蠟燭《みつろうろうそく》なのだった。サー・イアンはいまさらながらこの邸宅の主人が有する財産に感嘆した。蜜蠟蠟燭は一ポンドあたり三シリング以上もの税金がかけられている高級品なのだった。それを無数に灯《とも》すには、それこそ、王室並の資産家でなければならない。

「サー・イアン」暖炉の前にいた中年の紳士がよびかけた。

「サー・ジョン」サー・イアンは軽く頭をさげた。準男爵《バロネット》ジョゼフ・バンクス。この邸宅の主人にして英国科学界最大、最高のパトロンだった。この場にあつまっている人々は皆、バンクスの主宰《しゅさい》する紳士の集まり——ディレッタント協会の会員とその関係者ばかりであった。だれもが科学の愛好という共通項をもつがゆえに、激論はあってもけっして卑《いや》しくはならないという集団だった。昨今のロンドンではまったく希有《けう》な人種といって良い、サー・イアンはそうおもっていた。

「よくおいでくだされた」バンクスは控えめな笑みをうかべつつサー・イアンを暖炉の前にまねいた。「政界の様子はいかがかな？　最近、わたくしはゴムの木をこの国に移植する研究にかまけてばかりいるものでね」

「いや、その方が世のために有益でありましょう」サー・イアンは答えた。「ホワイトホール界隈は、例の通り、フランス人をいかにすべきかという話ばかりで」

「ああ、あの革命と執政府とやら。わたしもけして賛同しているわけではないが」バンクスは苦笑じみたものをうかべた。「しかしながら、あのブルボン家のひとびとはいかにも民草の怒りを買いすぎた。われらのごとく、すべての問題は植民地で解決すべきだったのだ。うむ。フランス人にそれを求めるのはいささか酷であることは承知しておるが」

「いかにも」サー・イアンはうなずいた。「フランス人が得意とするところは限られておりますれば」

「まさに、まさに」バンクスは大きくほほえんだ。続けて問う。「植民地についてはどうだろうか？　新大陸の過半を失ったのちもいささかの懸案ありと聞くが。解決の可能性は？」

「あると信じます」

「それを願う。なんといっても、国王陛下の御宸襟《ごしんきん》を安んじたてまつることこそ臣下たるのつとめ」バンクスはわずかに背筋を伸ばした。「ああ、すまない。サー・イアン。門外漢がいらぬ口だしをした。しかし、首相兼蔵相たるウィリアム・ピット君は陛下の御信任厚いとはいえ、いまだ若い。かのチャタム伯、大ピット氏の子息であるがゆえの、さまざまな苦労もあろう」

「いかさま」サー・イアンはうなずいた。言葉こそ短いが、会話を楽しんでいる。ジョゼフ・バンクスは国王の親友といってよい男であるからだった。政治についての見識をもたぬなどというのは、俗にいう英国的間接表現にすぎない。

「おお」バンクスはすまなそうな声をだした。「サー・イアン、貴君とまみえたよろこびのあまり、客人に無礼をはたらいた。こちらは――」

バンクスはかたわらをしめした。異装の東洋人がそこにいた。いささか老いてはいるが、人格的迫力を感じさせる質《たち》の男だった。頭頂部をそりあげ、残った髪を奇妙な形に結っている。

「こちらは東洋の、かつては黄金の国として知られた地より参られた方だ。博物学について深い学識をもっておられる。彼の地を治めるイエナリ公よりの御使者としてロンドンに参られたのだ」

「勲爵士《ナイト》イアン・アークハートです。国王陛下の外務省にて王国にささやかな貢献をなしております」サー・イアンは挨拶した。

「さてさて、いましばらく、歓談されよ」バンクスは実に見事なホストぶりをみせつつあゆみ去った。

「征夷大将軍徳川家斉《せいいたいしょうぐんとくがわいえなり》が臣《しん》、国場兵部《くにばひょうぶ》。外国奉行並《なみ》をおおせつかっております」

サー・イアンは暖炉の前で侍《さむらい》と向き合った。

「これが君の趣味だというわけか」侍はたずねた。

「そんなところだ」サー・イアン、地球連邦第三七代首相イアン・アークハートは答えた。かれの前任者である第三六代首相に視線をむける。

「さすがに日系だ。サムライの格好がよく似合う」

「わたしの見かけはちょっとした先祖返りだとよくいわれた」国場義昭は答えた。「徳川家斉？　外国奉行並？　もし本当にそのとおりであったならば、日本の歴史はずいぶん違っていただろう。まあいい。日本史の解釈がひどく間違っていても気にはしない。ここは君のVエリアだ」

「ありがたい」アークハートはうなずいた。「わたしも日本史を知らぬわけではないが、ちょっとした興趣になればよいとおもったのだ。なかなかのものだろう？　すくなくともわたしは、この世界の人間たちの性格を常にわたしの意に沿うようにはつくらなかった。独り言よりは学習の方が好みなのでね。このあいだなど、ハーシェルと天体の運動の議論をおこなって大敗北を喫《きっ》した。軍楽の話をしているあいだは良い勝負だったのだが――いや、やはり負けていたな」

国場が低い笑いを漏らした。首相在任当時、〝あの悪魔的な笑い〟として知られていたものだった。それについて批判を受けたこともあった。弁明の記者会見を開かされることになった国場は、実に傲慢な表情と声音で、わたしには八百万《やおよろず》の神がついているから大抵のことは心配ないなと答えた。人類領域人口の六割がその言葉に笑いころげ、四割は激怒した。国場は多数派を味方につける術について余人の及ばぬセンスをもった政治家なのだった。

「あそこにいる海軍士官は？」

国場はひとりの人物を顎で示した。さきほどアークハートが目をとめた男だった。

「ここはあのジョゼフ・バンクスの屋敷だ」アークハートは答えた。「それで、想像がつかないだろうか？」

「ブライ艦長か、やはり」国場は答えた。「バウンティの叛乱、その前か後か——後だな、ゴムの苗木がある」

「バンクスがブライを二度目の航海におくりだす直前の設定にしてある。かれと話している男は、わたしが、ディレッタント協会のなかでもっとも興味を抱いている人物だ」アークハートはいった。「人間を善悪や好悪という要素で判断してはならないという考え方を実証した男だよ」

「名前は？」

「ベンジャミン・トンプソン。ランフォード伯爵として知られていた。もっとも、爵位はバイエルン選帝侯から与えられたものだ。本来の意味での英国人でもない」

「ランフォード・メダルのランフォード伯か？　ファラデーやレントゲンが受賞したあの賞をつくった男か？」国場は感心したようにたずねかえした。

「まさに」アークハートはうなずいた。「私費を投じ、パストゥールやラザフォードも受賞したあの賞をつくった男だ」

「大した人物であることはたしかだな」国場はいった。「しかし、君のような男がランフォード伯を好む理由はそれだけとはおもえないが」

「ベンジャミン・トンプソンは植民地時代の北アメリカでうまれた。一七五三年、マサチューセッツ州だ。その後、ニュー・ハンプシャー州にうつった。一七七六年、つまり、あのアメリカ合衆国が誕生したころはその大陸軍《コンティネンタル・アーミィ》の士官だった」

「当時の状況からいえば、珍しい話ではない」

「ああ、しかし、かれは英国軍に内通していた。裏切者、売国奴だったのだ。合衆国にとっては。ボストンが大陸軍によって占領される直前、英本土へ亡命した。そして、ロンドンで公職を得た。どんな仕事だとおもう？」

「外務省か？」

「植民省だ」

国場はふたたびあの笑いを漏らした。「たしかに興味深い」

「かれは一級の軍事技術者でもあった。特に、大砲や火薬の問題について詳しかった。その点についての研究者としては、当時の第一人者といってよかった。その功績によってロイヤル・ソサエティの会員にも選ばれた。その後、ドイツにわたった。正確にはバイエルンだ。そこで、バイエルン軍の参謀長に任じられた。軍人としての才能もかなりのものだったらしい。バイエルン選帝侯はかれに伯爵位をあたえた」アークハートは説明した。実に楽しげな表情だった。

国場が訊ねた。「ランフォードというのはどこの地名だ？　本当はドイツ風に読むべきではないのか？　ラムフォルト、とでも。済まないな。妻と違ってわたしはドイツ語が得意ではない」

「いや、ランフォードでよい。かれが青年時代をすごしたニュー・ハンプシャー州コンコードの旧名なのだ」

「たとえ何処《いずこ》にありとても、忘れ難きは、そういうわけか」

「故郷に対して素直ではない愛情を抱いていたのだ。かれが愛していた故郷は、英国植民地としてのそれなのだろう」

「面白い」

「だろう？　バイエルン軍参謀長としてのかれは、軍事技術の研究にもあいかわらずの情熱を抱いていた。新型の大砲、その開発にも努力している。そして、その開発の過程で熱について高度な認識を得るにいたった。熱は元素《カロリック》によって生じるのではなく、粒子の運動によって生じると主張した」

「熱力学の始祖、か」

「と同時に、社会改良活動にも熱心だった。選帝侯へ説いて、いわゆる浮浪者の収容施設をミュンヘンにつくった。調理設備の研究もおこなった。栄養学についても一家言あった。その後、ロンドンにもどり、意義深い活動をおこなった。ロイヤル・インスティテューションの設立がその最大の成果だ。晩年はラヴォアジェの未亡人と暮らした。大したものだよ」

「うらやましい」国場はいった。「万能の平凡人。まさに男子たるものの夢、その具現と評すべきだな。かれにとっては、国家ですら人生の調味料にすぎなかった。なんともうらやましい」

「そうかね？」アークハートは不思議そうにたずねた。「わたしがかれに興味をもった理由のひとつは、我が政敵たる国場義昭の人生と同質のものを感じたからだ。こういってよければ、わたしは、君から政権を奪うためにかれのことを調べたのだ」

「買いかぶりだな」国場は苦笑した。「わたしにはランフォード伯ほどの度胸はない。まぁ、君ほど熟達した政治家から評価をうけること自体はまったくの光栄とするがね」

執事の声が響いた。皆様、どうぞ食堂へ。扉がひらかれた。紳士たちが動きはじめる。会話はやまない。

「さて、どうするね?」アークハートはたずねた。「脳に限定される仮想の体験とはいえ、それなりの食事になっている。海亀肉のスープにはじまって、ロブスター、カキ、そして肉料理。わたしとしては羊の背肉をローストしたものがなかなかの再現度に達しているのではないかとおもっているのだ。時代設定からいえばすこしばかり早いが、ワインの種類も豊富にしてある」

「もちろん相伴《しょうばん》させてもらう。アークハート、君が、この風変わりな政治的密談の真の目的を口にするまではね。だいたい、君は、こうした場所を仕事がらみで利用するのが嫌いなはずだ。つまり、それなりの理由があるということになる」

「国場、わたしと君は犬猿《けんえん》の仲ということになっている。それは公的経歴においてはまったく然《しか》りだ」

「異論はない」

「であるからこそ、昨今の人類領域内において生じつつある様々な問題についての共通認識を得られるかもしれない、わたしはそう考えている。あるいは君がいまだに保持している盛名と影響力の行使についての話題というべきかもしれない」

国場はうなずいた。「その点については、君がこの電子的世界で再現した料理の出来をわたしが評価したのちにうかがおう、首相閣下」

「ありがたい」

8

イリナ・ディミトロヴナ・ミハイロフ警部は、まことにあやしげな連邦宇宙軍士官、南郷一之少佐との対面を望んだ。部下にその準備を整えるよう命じた。その動きはたちどころに南郷の知るところとなった。リェータのあちこちに散らばった南郷の（顔を合わせたことのない）部下の一人が、詳細な報告を送ってきたからだった。

南郷はただちに行動をおこした。シコルスキィ大尉に後のことを任せると、セアラとウィルバをともなって星系警察本部に向かった。連邦宇宙軍の制服を着用している。

星系警察本部への南郷の来訪はミハイロフ警部にとってちょっとした衝撃以上のものだった。それは、南郷がノヴァヤ・ロージナの状況を彼女が推測していたよりもよほど正確に摑んでいることを意味しているからであった。すくなくとも、星系警察本部のどこかに、南郷へ情報をもたらしている者が存在していることは判った。

シルキィ中央特務部の陳栄至から南郷についての記録が届けられたのは、南郷が星系警察本部の訪問を伝えてきた直後だった。陳はおそらく意図的にそのタイミングを選んだに違いなかった。おそらくは公用通信系にセキュリティ上の穴があるのねとミハイロフは推測した。そうでなければ、ここまでタイミングのあった嫌味ができるとはおもえない。

ミハイロフは南郷についての資料に素早く目を通した。それを捜査情報と同様の姿勢で――単なる情報として読んだ。まったく警官らしい態度だった。

南郷がなぜあらわれるのかについては彼女にも想像がついた。しかし、内心にはそれをあえて理解したくないという感情が強くあった。ミハイロフが南郷の来意について詳細な説明をもとめた理由はそれであった。彼女は自覚症状よりも告知によって病《やまい》を知りたいとおもったのだった。

南郷はそれを受けいれた。かれには様々な欠陥があった。しかし、不親切な人間ではなかった。だれもが自分と同じような思考法をとるべきであると考えるほど愚かでもない。かれはセアラとウィルバをドアの脇に立たせるとミハイロフの執務室に入っていった。

一五分ほど意味のないやりとりが続いたあと、南郷とミハイロフはようやく本題に入った。

「この星系の政治的状況はひどいものだ」南郷はいった。「警部、その点については同意できるかね？」

「たしかに状況は最悪です」ミハイロフは細い首を優雅に振ってみせた。「しかし、強行手段をとってよい段階ともおもえません」

「強行手段。君は誤解しているよ、警部」南郷は答えた。「わたしの任務は実力行使ではない」

ミハイロフはオイルライターの蓋を開け閉めした。金属質の音が室内に響く。彼女はいった。「内政干渉にあたるのでは？」

「この星系でわたしの部隊が情報収集訓練をおこなうことについて、君たちの政府は連絡を受けている。了承もしている」

「あなたはなにを、少佐？」

「連邦宇宙軍士官として命じられた任務を」

「つまり、ノヴァヤ・ロージナは救いがたいとおっしゃっているわけですか？」

「というよりも、心理学の問題だな」

「心理学？」

「あなたは警察学校でそれを学ばなかったか？」

「いくらかは」

「わたしは大学で教えられた。ごく初歩的なものだが。進化論的心理学に近いものだった。古典学派の。まぁ、半分はさぼったがね」

ミハイロフはさぐるような視線を南郷にむけた。まともに講義へ出席しなかったような学生が奇妙な心理——あるいは冷酷な道徳とでも呼ぶべきものを抱いた連邦宇宙軍少佐へと変身した原因についてなにかを想像したのだった。

ミハイロフはちらりとほほえみ、いった。「あらゆる心的状態は生物学的状態にもとづいている?」

「やはりあなたは素晴らしい警官だ」南郷は大きな笑みを浮かべ、続けた。「人類は進化の過程で——遺伝的に心理というものを入手した。その存在に気づくだけの脳をつくりあげた。この惑星で悪化しつづけている問題はそれに関連している」

「心理と脳、それがC差別や反連邦運動にどんな関係が?」

「人間の心理とは安全保障システムだ。脳を守るための」南郷はいった。「心理は他者、あるいはなにかの対象と自分との相対的関係性を認識するためにはたらく。その目的は自己の遺伝子の保存、つまり生き残りを図ることだ」

「要するに、〝あるいはおそらく〟の積み重ねによる良好なひとづきあいの実現」

「あなたは教師になるべきだ」南郷は頷いた。「他者、自分、そしてありとあらゆるものについて内的解釈、あなたのいう〝あるいはおそらく〟をおこなうことはけして難しくない。本来ならば幼児のうちに身につけることのできる能力であるからだ」

「リエータの住人はみな幼児期に性的虐待《ぎゃくたい》をうけ、能力の獲得に失敗したとでも？」

「違う」

「なにか病的なもの、あるいは症状だと？」

「判別のつきかねる境界例かもしれない。わたしの戦友である社会心理学者にいわせればそうなるだろう。可能なかぎり癒《い》やされるべきなにものかではあっても、現在のわれわれが問題視すべき対象ではない」

「ならばどんな問題が？」

「ある人物が〝あるいはおそらく〟の能力を失う原因は幾つかある。大きな衝撃、緊張のあまりにも長きにわたる継続、圧倒的な絶望感。その他のさまざまなもの。それらにさいなまれた場合、脳はまったく別の安全保障システムを採用する。個々の人間を細胞としてできあがっている集団も例外ではない」

「〝あるいはおそらく〟をやめ、内的な機能の維持をはかる」ミハイロフはいった。「すべてが〝ただ、それだけ《ジャスト・ソウ》〟にきりかえられる。外界についての内的解釈をやめることで重圧を回避する」

「そう。そして、〝ただ、それだけ〟に陥ったひとびとこそがこの惑星がいまあるような事態を悪化させるのだ」

「しかし、その状態にあるものは積極的な活動をおこしません」

「そこだ」南郷は答えた。「問題は、かれらがそれに気づかぬ点にある。かれら自身は、自分が、高い知力を有し、どこか優れた部分のある人間だと信じている。おそらくそれは事実だ。問題は、そのすべてが〝ただ、それだけ〟を維持するためだけに用いられている点だ。ある意味で、ナルシシズムの最悪のかたちでの発現といってもよい。心理学者たちがそれをどう表現したがるのかは知らないが」

「で？」ミハイロフは焦《じ》れた表情をうかべ、たずねた。「かれらはなぜ状況を悪化させるのです？」

「すべてを自分の小さな世界を守るために用いている人間は、その世界を維持するため、ありとあらゆるものを実に皮相的なレベルで受けとる。解釈はしない」

「ただ行列に並び、集会に参加し、政治的欺瞞《ぎまん》にのぞんで幻惑される？」

「あるいは隣人を突然、排斥《はいせき》の対象にする」南郷はミハイロフの目をのぞきこむような姿勢で話していた。「仮釈放なしの無期懲役刑をうけた囚人のようなものだ。自分が不完全な存在であることを知りつつ、生きてあることになんの希望も見いだせない。絶望からの逃避かもしれない」

「あなた自身も同様なのでは？」

「それがもっとも気になるところだ」南郷は微笑をうかべた。「そのことに気づくたび、ひどく嬉しくなる。まさに言葉通りの意味でね」

「だからこそあたしの故郷、この凍えた星《ここ》が陥りつつある状態を憂慮している」

「憂慮」南郷も同じ言葉を口にした。それが猥語《わいご》であるかのような顔つきだった。「そう受けとってもらっても、誤りであるとはいえない」

「あなたはなにを怖れているのです？」ミハイロフは緑色の瞳を小柄な日系人に据えた。

「政治的騒擾《そうじょう》――内乱ですか？」

「正直なところ」南郷は微笑した。「内乱は必至だと考えている」

「ならば、この星系では何を」

「かつてわたしは連邦旗に片手をあげて誓ったのだ、警部」南郷は答えた。「この蒼い制服を身につけているかぎり、人類を護《まも》る、と。可能なかぎり経済的な方法で。その研究のようなものだ」

「最初から確信を？」

「そうではない。最初はただの言葉だった。就職に苦労した大学生にあたえられた最後の方便だった。おもにハンゼとアウラで得た経験がそれを実際的なものに変えてくれた。まったく強制的に」

「あなたの個人的な決意には敬意を表します、少佐」ミハイロフはいった。「しかし、最悪の可能性が避けられないとしたならば？」

「結末は同じでも、投げだすことはできない。それに、この星系のひとびとも、C問題や不況をきっかけに真実へ到達するかもしれない。その可能性はきわめて低いものだが、絶望してはいない」

「もし絶望的な状況にいたったならば？」

「任務を果たす」

「つまりあなたは、戦争を愛しているのですね、少佐」

「愛している？」南郷は驚いたように眉をもちあげた。苦笑して続ける。「そうかもしれない。しかし、戦争を憎んでいる人間よりはましだろう。かれらは正義を確信している。だが、わたしのような人間にそれはない。であるからこそ不完全な現実と薔薇色《ばらいろ》の未来を楽しみにできるのだ」

「自身の救いがたい愚かさに気づくことができるならば」ミハイロフは訊ねた。

「まさに」南郷は首肯した。「わたしは希望に頼らない。絶望も抱かない。希望と絶望の虜《とりこ》になれという誘惑は常に存在するが、絶対にそうはならない。そう決めている」

ミハイロフは南郷を見つめた。墓穴から起きあがった父親を見ているような目つきだった。彼女はいった。「少佐、ヴェルギリウスをお読みになったことは？」

「Vネットの記憶促進処置下では、ないね」

「わたしはギリシア人に心を許さない。たとえかれらが貢物をおくりとどけても」瞼《まぶた》を閉じたミハイロフは暗唱した。「いまのあたしはまさにその心境」

「われらが死すべき運命にあることが、ひどく胸をいためる」南郷は答えた。「わたしにとってはこちらの言葉のほうがむしろ魅力的だ。この世にはただひとつ平等なものがあることを教えてくれる。もちろん、連邦のC政策が変更されない限りにおいて。イリナ・ディミトロヴナ、ありていにいって、わたしはさまざまな意味で歪んだ人間だとおもう。そして――あなたも同様であって欲しいと望んでいる」

ミハイロフは苦笑をうかべて頭を振った。ふたたび南郷に視線を合わせ、彼女は尋ねた。

「それで、少佐？　あなたがあたしに求めている役割とは？」

「なに、さほどのことではない」南郷は答えた。「ノヴァヤ・ロージナ星系政府組織職員に求められる若干の公僕意識、それを忘れずにいて欲しいだけなのだ」

9

人類には察知できないかすかな空間のゆらぎが全長六二〇メートルの巨体をとおりすぎた。

航宙艦はハイゲートから星系外縁域へと泳ぎだした。熱反射塗装の銀色にきらめくその姿は美しさよりも凶器としての迫力に満ちている。外殻へ立体投影されている国籍標識と艦番号は彼女が地球連邦宇宙軍正規艦艇であることを示していた。

艦名は〈サザランド〉。連邦宇宙軍が第一次オリオン大戦後半の主力大型汎用戦闘艦のひとつとして計画した〈ノーサンバランド〉級重巡洋艦の四番艦だった。

〈サザランド〉は紡錘形とも流線型ともいえるような形状の船体、それに巻きつけるようにして備えられたコンフォーマル・アンテナから通信を発した。

「ノヴァヤ・ロージナGC《ゲート・コントロール》、ノヴァヤ・ロージナGC。こちらは連邦宇宙軍所属艦〈サザランド〉。本艦は01ゲートアウトを完了」

「〈サザランド〉、ノヴァヤ・ロージナGC。貴艦の目的地を通告せよ」

「ノヴァヤ・ロージナGC、本艦の目的地はリェータ高軌道基地」

「〈サザランド〉、高軌道基地寄港の目的は作戦行動か？　通告せよ」

「ノヴァヤ・ロージナGC、本艦の寄港目的は表敬訪問ならびに乗員の休養。作戦行動ではない」

「了解した。歓迎する、〈サザランド〉。以後、完全自動管制にきりかえる」

〈サザランド〉の戦闘指揮所はなごやかな空気でみたされた。

「なにか問題は」制御卓から顔をあげたハートリィ艦長は訊ねた。ほっそりとした顔立ちには疲労と力強さの双方がうかんでいた。

問題はなかった。かれの〈サザランド〉は完璧なゲートスルーに成功していた（もっとも、これまでゲート関連の事故に見舞われた人類の艦船はわずか一隻、〈アースター〉だけだったが）。

ハートリィは制御卓のディスプレイに視線をむけた。艦内各部に異常はなく、周辺空間にも問題はない。星系内寄り約二〇〇万キロの位置にノイエス・ドィッチェラント船籍の貨物船が航行しているだけだった。

ディスプレイの一隅に小さな画面が開いた。予備指揮所にいる副長だった。副長はいった。

「艦長、予備指揮所問題なし」

「了解」

ハートリィ艦長は総員配置を解除した。自身が指揮所を離れ、艦長室に戻ったのは周辺空間の安全を再度確認させた後だった。その頃にはすでに居住区は回転を開始し、一四〇名いる乗員の三分の二は非番になり、休養に入っていた。

艦長室は殺風景そのものだった。ことし五二になるハートリィのような指揮官の部屋としては異例といっていい。通常、かれほどの――宇宙軍兵学校卒業から三〇年ほどにもなる――士官であれば、自室内は記念品がそれなりの物量でもって飾られていておかしくない。いささか気むずかしくはあるが、けして変人ではないハートリィの部屋がなぜそうでないかについてはそれなりの理由がある。

かれは大戦末期、アウラで艦を失っていた。小さな護衛駆逐艦だった。かれはその小さな艦で、アウラ5に物資を運ぶ輸送船四隻をネイラムの襲撃から守りきった。グレーザー砲から多弾頭魚雷に至るありとあらゆる兵器を用いて敵の行動を妨害し、しまいには推進機のノズルを敵に向けさえした。輸送船を喰らおうとしていた二隻のネイラム軽巡洋艦は一週間ほども追尾を続けたのち、あきらめて宇宙のどこかに消えた。ハートリィは任務を果たしたのだ。しかし、その時には、かれの艦は姿勢制御用燃料すら不足しているような状況に陥っていた。

ハートリィは一機だけ搭載されていた艦載艇に全乗員二八名を詰めこんで艦を離れた。艦載艇が友軍に回収されるまでに二週間が必要だった。地球連邦宇宙軍はそれを英雄的な行為であると賞賛した。そしてハートリィの私物は、アウラ近傍の宇宙を妙なベクトルを維持して進み続けている護衛駆逐艦に積みこまれたままなのだった。

艦長室の椅子に腰をおろしたハートリィは室内を見おろし、何かがなくなれば何かが良くなるものだと考えた。すくなくとも、グレーザー砲の射程の短さや出力の小ささで苦労することは二度とありそうもない。〈サザランド〉は、N-3やファン・カルロス・スターが何隻か保有している戦艦を除けば、南方星域群先端部で最強の戦闘力を持つ艦だといってよかった。

グレーザー砲――ガンマ線レーザー砲の射程は、〈サザランド〉のような巡洋艦の場合、ほぼ一〇〇万キロに達する。より大きな出力のレーザー・エネルギーを照射できる戦艦の場合は一二〇万から一五〇万キロ程度。どちらにしろ、宇宙空間で破片その他がどのように拡散するかを考えた場合、充分に余裕のある距離ではない。しかし、ビーム径一センチで放たれ、磁場レンズを通過したガンマ線レーザーであろうとも、一〇〇万キロという距離においては、約一八・四センチほどの焦点ビーム径になってしまう。レーザーの出力、期待される破壊効果等々を考えあわせると、そのあたりが実用最大射程であった。

レーザー砲における〝実用最大射程〟とは、ある距離で実施した射撃によって目標に与えられる損害を、射撃側が被《こうむ》る危険で除したものと考えてよい。

レーザー砲――指向性エネルギー兵器システム《DEWS》としてのレーザー・エネルギー、その照射によってもたらされるレーザーと目標の相互作用（つまり与えられる損害の程度）は、目標が金属であると仮定した場合、おおむね五段階にわけられる。各段階は、レーザー照射出力密度の（目標に与えられる熱の）程度に左右される。かりにそれを第一段階から第五段階と名付けた場合、概略は次のようになる。

ＤＥＷＳとしての照射出力密度がもっとも低い状態、第一段階では目標表面の融解が発生する（熱せられて溶ける）。

第二段階では、融解が目標の内部へ進行する。つまり穴が穿《うが》たれてゆく。これを融解穿《せん》孔《こう》という。古典的なレーザー兵器のイメージ、たとえば、一瞬にしていかなるものも貫通し、あるいは輪切りにしてしまうという情景は、この融解穿孔の状態をあらわしている、そう考えて良い。

照射出力密度がさらに強化された第三段階では、面白いことに、兵器としての効率は低下する。なぜかといえば、温度が上昇して一次相転移――金属の蒸発（気化）が発生し、その際、気化熱として、レーザーのもたらしたエネルギーが奪われてしまうからだった。ところが、第四段階では、蒸気に変わった金属が逆に破壊効果を高めることになる。大きな熱量によって猛烈な勢いで気化がおこなわれるため、その蒸気圧も大きな値を示すからだった。そして蒸気が生じさせた圧力は、目標に対し破壊力として作用しはじめる。蒸気圧は、やがて、目標の持つ、切断に耐えようとする力――剪断力《せんだんりょく》を上回る。結果として発生するのは、目標の貫通と破砕。打ち抜かれ、砕け散るという情景だとおもえば良い。これを衝撃穿孔と呼ぶ。

第五段階――もっとも強烈な照射出力密度の場合、効果は極端なものとなる。照射を受けた部分の温度があまりにも短時間のうちに（それこそ何万度というレベルに）上昇し、急激にすぎる気化によって蒸気圧も一〇万気圧単位で計ることができるような高さに達する。熱は気圧によって密度の高い領域に封じこめられ、さらなる温度の上昇、いわゆる圧縮加熱が引き起こされる。結果、衝撃穿孔その他が生じる以前に爆縮が発生する。ちなみに、爆縮によってもたらされるもっとも派手な視覚的情景が原子核融合反応であることに疑問を持つ者はいないだろう。地球連邦宇宙軍はこれを爆縮破砕と呼称している。

ＤＥＷＳとしてのレーザー、それが重視しているのは、右に示した中の第二、第四、第五段階であった（これは地球連邦宇宙軍、あるいは人類に限らない）。このうち兵器として運用する上でさらに重視されるのは第二、第四段階だった。第五段階、爆縮破砕はＤＥＷＳのもたらす究極の破壊効果といえるが、それを実現するために必要なエネルギー量が大きいため、不経済であるとされている。第一、どれほど防御を施しているからといって、近距離で融合爆発を浴びたい者などいるはずもない。

それに、大量の気体を貫通して照射されている状態では、レーザー・エネルギーをうけとり加熱された気体による《サーマル・ブルーミング》凹レンズ効果が発生して照射出力密度が低下するから、爆縮破砕はまずおこらなくなる。連邦宇宙軍高等作戦研究所の研究によれば、それぞれ五〇隻程度の艦艇で編成された艦隊が交戦した場合、その際に戦闘域へまき散らされるレーザー妨害用気体の総量は地球型惑星一個分に匹敵するとされているから、「不経済」とされるのも当然なのだった（もっとも、「地球型惑星」という大雑把にすぎる単位を用いた研究そのものの信頼性に疑念を呈する者は多い）。

このため、連邦宇宙軍が採用しているＤＥＷＳ各種については、第二段階（融解穿孔）、第四段階（衝撃穿孔）のいずれも発生させられる距離が実用最大射程とされている。先にも触れたように、それは、融解穿孔と衝撃穿孔という破壊効果と、射撃側の必要充分な安全確保という条件を考慮した上で定められた規準でもある。

　融解穿孔・衝撃穿孔のどちらで敵を叩くかは、それほど重視されていない。磁場レンズの形状、照射出力密度の大小によって変化する問題であるからだった。なお、一般的には、近距離戦闘の場合は融解穿孔、遠距離戦闘の場合は衝撃穿孔が選ばれることが多い。衝撃穿孔によって破砕された目標からはさまざまな破片が大きな運動量でもって飛び散るからだった。このため、近距離で撃破された航宙艦は穴だらけになって戦闘力を失い、遠距離で撃破された航宙艦は文字通り「撃破」されて〝沈む〟ことになる。

　照射方式も選択可能だった。

　基本的に、すべてのＤＥＷＳはパルス・レーザー方式を採用している。ほぼ同一の点に、ナノ秒単位以下の連続した打撃を加えることで目標を破壊することを考えている。

　レーザーをいわば〝ぶつ切り〟にして送りだすパルス・レーザー方式は、連続波《CW》レーザーの場合に大問題となるサーマル・ブルーミング対策としてはもっとも有効なものといえる（サーマル・ブルーミングは、レーザーのエネルギーをどれほど強くしても解決できないものであるから始末が悪い）。気体が凹レンズ効果を発揮する前に、充分なエネルギーを目標へ当ててしまうという方式であるからだった。

ただし、パルス・レーザーにも問題がないわけではない。やはり気体の影響を受ける。エネルギーを受けとった気体に発生する温度・圧力の上昇によって照射されるエネルギーの減少《ブレーク・ダウン》が引き起こされる。これを避けるため、大抵のDEWSにはマルチモード機構がとりつけられており、パルス、連続波のどちらかを選択できるようになっている。

なお、サーマル・ブルーミング、ブレーク・ダウンは、大気圏内でのDEWS使用を難しくしている気象条件によるレーザー・エネルギー損失およびレーザー拡散とはまた別のものだ。人類、ネイラム、〈ヲルラ〉のすべてが、大気圏内陸戦用として実体弾兵器（つまり砲弾や銃弾）を多用し、航宙艦にすら電磁加速砲《レールガン》を搭載し続けている要因の一つはそこにある。

レーザーの射撃方式も数種類存在する。

一般的には虫眼鏡に太陽光を集めるのとなんらかわりない集束（集光）方式、第一射法が使用される。

しかし、射撃諸元《データ》に大きめの誤差がありそうな場合は、磁場レンズをカマボコ状のシリンドリカル・レンズとして形成し、概念上の上下・左右のいずれかにのみレーザーを扇状に発射する扇状射撃《バタフライ・ファイア》、第二射法がおこなわれる場合もあった。この場合、射撃効果そのものより、敵の行動を制約する阻止効果が期待されている。

敵に損害を与えねばならないにもかかわらず、射撃諸元に問題がありそうな場合は、磁場レンズを振ってレーザーをあちこちにふりむける掃引射撃、第三射法(掃射)がおこなわれる。掃引射撃は扇状射撃と組み合わされておこなわれる場合も多い（DEWSが射撃統制用レーザー・レーダーとして使用される場合は、むしろ一般的手法になる）。

地球連邦軍のDEWSには、かつては明確な区分が存在した。近距離、中距離射撃の場合はX線レーザー、遠距離の場合はガンマ線レーザー。近距離の場合はX線レーザーで充分な効果が期待できるからだった。だが、その区別は（おそらくは単純な軍拡の論理に従って）第一次オリオン大戦中にほとんど消え去った。現在では、DEWSとしてのX線レーザーはごく一部にしか残っていない。現在は宇宙用主戦兵装といえばまずガンマ線レーザー砲を指すといっても間違いではなかった（軸線砲などの主砲クラスの場合、マルチパルス機構を用い、〝X線レーザー砲として〟発射することはできる）。

もっとも、ガンマ線レーザーの天下も永遠ではない。休戦で開発予算は減額されたが、軍や企業の研究所では次世代レーザー兵器に関する研究が推進され続けているからであった。そのなかでもっとも有望とされているのは、波長一・二ピコメートルの対生成《ペア・プロダクション》レーザーだった。P2兵器と通称されている。もっとも、その実用化は――フィージビリティからテクノロジィの対象への発展には、第一次オリオン大戦クラスの戦争でもない限り、あと半世紀が必要とされるだろう、と予想されていた。

ディスプレイが警告音を発した。戦闘指揮所の当直将校からだった。ノヴァヤ・ロージナのゲート・コントロールが、小惑星の軌道変更をしてくれないか、と要請してきたという。ハートリィは四分で戦闘指揮所に戻った。

「小惑星NR‐A‐2117Bです」当直将校が報告した。「質量は1Gで三トンちょっとですね。三年半後にリエータの近くを通り過ぎるので、念のためいくらか弾いて欲しいと」

「資源としてはどうなんだ？」ハートリィは訊ねた。いうまでもなく、小惑星は宇宙に浮かぶ産業資源だ。要請で軌道をずらしたあとで民間企業から文句をつけられたのではたまったものではない。

「その点は」当直将校はいった。「どうでも良いという話でした」

「記録は？」

「とってあります」

「目標が実用最大射程内に入るのは？」

「七分二九秒後です」

ハートリィは艦長用座席に腰をおろした。一瞬だけ瞼を閉じ、命じた。

「GCに返信。コレヨリ作業ヲ開始ス」

「了解」

「戦闘配置はかけますか?」

「必要ない」

「了解」

「軸線砲で叩く。航海、艦首の射界とれ」

「了解。準備警報だします」

「砲術、軸線砲発射準備。第一射法、グレーザー・モードとなせ」

「了解。グレーザー・モードとします。被曝《ひばく》防護処置確認。主蓄電システム、充電率五六パーセント。連続射撃は三回が限度」

「充分だ。砲術、射撃指揮任す。最適距離になり次第、発砲せよ」

「了解。磁場レンズ形成開始」

船内に幾つかの警報が響いた。不要不急のシステムに対する電力供給が減らされ、乗員区画内が暗くなった。〈サザランド〉が軸線砲を放ったのは約四分後、小惑星までの距離が九七万キロになった瞬間だった。三秒と少しで目標へ届いたレーザー・エネルギーは、小惑星の端をかすり、その軌道を変えた。

成功を確認したハートリィは、結果をGCに伝えるよう命じると、艦長室に戻った。特命によって可及的速やかに寄港すべしとされたリェータまで、約五日の行程だった。

この時点でハートリィはまったく気づいていなかった。連邦軍法によってさだめられている民政協力義務の一貫としてなされた小惑星への射撃は、地球連邦宇宙軍艦艇が第一次オリオン大戦終結後におこなった初めての軸線砲射撃だった。

のちに多くの人々が、〈サザランド〉のこの射撃こそがすべての始まりであったと考えた。かれらはそれを、人類同士の宇宙戦争、その号砲として捉えたのだった。無論のこと、すべてが手遅れになったあとに。

※筆者註記
今回の執筆にあたっては、森精三氏の著述を参考にさせていただいた。

『地球連邦の興亡2』一九九七年八月　徳間書店ＴＯＫＵＭＡ ＮＯＶＥＬＳ刊

中公文庫

地球連邦《ちきゅうれんぽう》の興亡《こうぼう》2
——明日《あす》は銀河《ぎんが》を

2015年11月25日　初版発行

著　者　佐藤《さとう》 大輔《だいすけ》

発行者　大橋 善光

発行所　中央公論新社
〒100-8152　東京都千代田区大手町1-7-1
電話　販売 03-5299-1730　編集 03-5299-1890
URL http://www.chuko.co.jp/

ＤＴＰ　柳田麻里
印　刷　三晃印刷
製　本　小泉製本

Published by CHUOKORON-SHINSHA, INC.
Printed in Japan　ISBN978-4-12-206194-1 C1193